Taschenbuch

Diese Erzählung (Die Zeichen der Stille) ist ein Puzzle, dessen volles Bild man erst sehen kann, wenn man diese zu Ende gelesen hat. Zeit, Situationen, Emotionen- alles, wie Teile eines Rätsels, fügt sich langsam zusammen. Ein zerrissener Erzählrhythmus- der Rhythmus des Lebens der Heldin. Dies ist eine einfache Liebesgeschichte und ein nicht einfacher Weg der Suche nach sich selbst und nach innerer Ruhe.

Nina Trox:
Prosaautorin, Lyrikerin, Literaturkritikerin. Sie unterrichtet an der OL'ŠA in Almaty kreatives Schreiben. Ihre Erzählungen wurden in Literaturzeitschriften und Onlinejournals veröffentlicht.

Nina Trox

„Die Zeichen der Stille"
und
„Der Tod und die Engel"

Erzählungen

© 2021, Nina Trox
Herstellung und Verlag: BoD – Books on
Demand, Norderstedt
ISBN: 9783755713593

Erste Auflage 2021 BOD Taschenbuch
Nina Trox
Druck und Bindung: BOD, printed in Germany
Übersetzung: Lena Muchin
Coverbild: Nina Trox
Layout: Hermann Sterzbecher

Die Zeichen der Stille

Erstes Zeichen

Die Katharsis der Seele tritt ein, wenn du einen Menschen anschaust und verstehst, dass du ihn nicht mehr liebst. Dann verschwinden die Beleidigungen, der Schmerz, der Wunsch nach Rache, dann verlässt dich das Gefühl der Anteilnahme für diesen Menschen – die letzte Verbindung reißt. Und die Augen, die dich anblicken, sind nur noch ein Sehorgan, nichts weiter. Ich liebte es zu beobachten, wie ihre Hände tanzen. Wie die dünnen, langen Finger sich beugen, sich wie ein Fächer öffnen, sich wieder zusammenbiegen, unbekannte Muster zeichnend. Zeichen, die ich nicht verstanden habe, doch sie haben mich bezaubert.

Wir trafen uns zufällig auf einer Ausstellung. Man präsentierte russische Impressionisten. Obwohl meine Wahrnehmung von Kunst nicht professionell ist – „es gefällt mir, es gefällt mir nicht", ich genieße es hin zu schauen, die Farben aufzusaugen, die Emotionen, die Gefühle. Manchmal fühle ich wirklich. Wenn das natürlich nicht gerade mal „art" ist oder „sur-sur", wo alles vermischt ist, wo man eine Übereinstimmung zwischen der Kleckerei auf der Leinwand und dem Titel, nicht einmal mit meiner reichen Einbildungskraft finden kann. Impressionisten sind für mich Kuindzhi, Korovin, Levitan, Serov, Maljavin, Grabar, ich ging an ihren Bildern vorbei und genoss es. Wenn du verstehst, doch nicht so tust als ob, konzentriert die Stirn runzelst, dann verspürst du auch ein Vergnügen daran und fühlst dich nicht wie eine dumme Kuh.

Ich bemerkte sie nicht. Ich hörte ihre Stimme hinter meinem Rücken.

„Hallo, An'!"

„Das tanzende Weib" Maljavins verwandelte sich in einen einzigen roten Fleck. Der irre Tanz des „Weibes" wurde an mein

Herz weiter gegeben. Ich hatte Angst mich umzudrehen und stand einige Sekunden wie erstarrt da. Danach drehte ich mich auf einem meiner Absätze.

In der Zeit, in der wir uns nicht gesehen haben, hat sie sich kaum verändert. Eine andere Frisur – langes Karre; sie war fülliger geworden – das Gesicht etwas runder; der selbe Blick – gerade und ausdrucksvoll; das selbe Lächeln – ironisch, jedoch zugleich offen, wie das eines Kindes.

„Maja? Hallo!", atmete ich aus.

„Und ich überlegte schon, bist du das oder nicht? Eine andere Frisur und neue Haarfarbe. Das kurze Haar steht dir. Wie geht es dir?"

„In einer verhältnismäßig instabilen Welt, bin ich verhältnismäßig stabil", reimte ich drauf los und verstand zugleich, dass ich Unsinn rede.

„Und dir?"

„Ich bin auch okay. Ich besuche eine Künstlerakademie. Ich wollte schon lange das Malen erlernen. Nun besuche ich Ausstellungen, bilde mich weiter." Maja lächelte und schaute durchdringend, als ob sie meine Gedanken erraten wollte.

Und ich dachte an nichts. Das innere Zittern hörte nicht auf, mir wurde warm, ich kriegte kaum Luft. Es schien, als ob die Beine mich nicht mehr halten wollen und ich gleich vor ihr auf den Boden falle. Doch eine starke Hand fasste mich am Ellenbogen und zwang mich gerade zu stehen. Ich drehte mich zu meinem Retter um und erinnerte mich, dass ich ja nicht alleine gekommen war. Denis lächelte zufrieden und wandte sich an Maja.

„Solange unsere gemeinsame Bekannte irgendwo in den Wolken schwebt, erlauben Sie mir mich Ihnen vorzustellen, Denis Levickyj!" er machte die Betonung auf das „y" und nickte lebhaft.

Wir waren bereits fast ein Jahr miteinander befreundet. Mitten im Semester stürzte ein dürrer, hoher, sympathischer Kerl mit zotteligem Haar in unseren Englischkurs. Er setzte sich, warum auch immer, neben mich, obwohl er dazu beitrug, dass die Hälfte der bereits Platz genommenen Kursteilneh-mer dafür aufstehen musste. Zuerst reizte er mich mit seinen Aufschreien, Witzen, unangebrachten Seufzern. Doch dieses Nicht-Ordinäre, der Humor und dabei gleichzeitig eine selt-sam zärtliche Sorge um mich, bezauberten mich schlussend-lich. Wir schmissen erfolgreich die Kurse, aber wir hörten nicht auf befreundet zu sein, obwohl ich fühlte, dass für Denis das mehr war als einfach nur Freundschaft. Doch wie sagt man es, „womit kann ich dienen"?!

„Ich bin Maja! Hallo!"

Er hob erstaunt eine Augenbraue und drückte zurückhaltend Majas Hand.

„Bestimmt hat man euch schon mit der Allusion zu der uns allen bekannten Biene (Biene Maja, aus dm Trickfilm die Aben-teuer der Biene Maja), in den Wahnsinn getrieben, deswegen lass ich dieses Thema."

„Ach, ich bitte Sie", Maja lächelte.

„Dann eine vernünftige Frage; wie gefällt Ihnen die Ausstel-lung?"

Ich traute mich nicht auch nur ein Wort auszusprechen und dankte dem Universum für meinen gesprächigen Freund.

„Besonders hat mir Grabar gefallen! Seine winterlichen Land-schaften sind einfach nur überwältigend…"

Maja erzählte, dass ihr Zeichenlehrer Grabar als Beispiel nimmt, um die Authentizität der Wiedergabe des Tageslichts zu vermitteln. Sie sprach, doch ich hörte ihre Worte nicht mehr. Ich blickte sie an, versuchte zu verstehen, was ich an ihr liebe? Wofür? Warum?"

„Was ist sie für dich?" Diese Frage stellte Denis, als wir nach der Ausstellung im Café saßen. Seltsam wie sich nahe Menschen austauschen können - nur in Form von Gedanken. Telepathie existiert.

„Einst war sie für mich das Wichtigste."

„Und jetzt?" Denis reichte mir das Glas mit dem milchigen Cocktail.

„Jetzt ist alles vorhanden, was gebraucht wird, aber nicht

mehr."

„Bin ich nicht mehr?"

„Du bist höher."

„Ich meine es ernst!"

„Du kannst ernst sein?"

„Anja", Denis senkte die Stimme.

Ich sah ihn zum ersten Mal in dieser Verfassung. Falten neben der Nasenwurzel, verschobene Brauen, der Adamsapfel zittert nervös. Ja, es ist ernst. Nur nicht heute. Nicht jetzt.

„Dinja, was willst du von mir hören? Wir haben schon längst alles über deine und meine Vorlieben geklärt. Warum erzitterst du Otello?"

„Ich wollte einfach erfahren, was sie für dich bedeutet?"

„Nein, nicht einfach. Nicht einfach nur! Du verhältst dich wie ein Hund, dem man den Knochen wegnimmt. Wir sind Freunde, das ist alles. Wenn es dir nicht passt, auf Wiedersehen. „

„An', reg dich nicht auf. Was ist mit dir?"

„Nichts" Jeder meint, er sei der Nabel der Welt. Also dreht euch jetzt um ihn. Zum Teufel mit allem!"

Ich schnappte mir meine Jacke, die auf der Lehne des Stuhls hing, und begab mich zum Ausgang.

„An' bleib stehen!" schrie mir Denis hinterher.

Doch ich hatte bereits die Tür geöffnet und atmete die kühle Luft ein.

Der Panzer bröselte sich auf. Der Körper zitterte, reagierte auf das Rascheln unter den Füßen, die Autosignale, die Gespräche der Vorbeigehenden. Die Geräusche schlugen auf mich ein und erzwangen eine Vibration - tief in mir. Ich wollte nur eines – Stille, mich von den betäubenden Geräuschen der Stadt befreien, von meinen Gedanken, Erinnerungen,

Weglaufen! Hinter die Grenzen des Hörbaren…

Ich bin grenzwertig. Meine Grenzwertigkeit bestimmen die Ängste. Sie erlauben es mir nicht, mit den Gefühlen zusammenzuwachsen, die ich erlebe, erlauben es nicht diese zu genießen. Ich bin wie ein Halbblüter in der Gesellschaft von Menschen mit reinem, adligen Blut. Sie sind sich ihrer hohen Position bewusst und bewegen sich mit einem geraden Rücken und einer hypertrophierten Würde. Ich spüre immer eine Verklemmtheit und versuche die Blicke, die auf mich gerichtet sind, zu umgehen.

Auch jetzt würde ich gerne fliehen. Dieser Luftmangel von den aufkommenden Gefühlen jagte mir Angst ein und egal wie pathetisch es klingen mag, ich dachte immer, dass ich dessen nicht würdig bin. Nicht würdig, mit meinem durch Dissonanzen verunreinigtem Blut, diese Euphorie zu spüren.

Sie blickte auf mich, lächelnd, und die Ecken ihrer grünen Augen lächelten mit. Entweder fühlte sie meine Verlegenheit und Unsicherheit, oder sie spielte ein ihr lang bekanntes Spiel. Ich saß gegenüber und spürte ein ohrenbetäubendes, trommelartiges Klopfen des Herzens. Mir schien als ob mein ganzer Körper in jenem hysterischen Rhythmus bebe.

„Warum trinkst du nicht?", sprach sie und nickte auf das Glas, das ich in meiner Hand festhielt. Ihre Stimme klang selbstsicher, doch mir schien, dass sie etwas zu tief sei für die äußerliche Zerbrechlichkeit ihrer Figur.

„Ich?", fragte ich noch einmal und im Inneren wurde es kalt.

Sie lächelte noch mehr und sagte: „Aha, es gefällt dir nicht?"

„Nein, es ist einfach…einfach…", ich wusste nicht, was ich sagen sollte. Das Tohuwabohu im Kopf füllte sich mit dem Bewusstwerden dessen, dass meine Dummheit alle Rekorde schlägt.

„Ich heiße Maja", sagte sie und reichte mir die Hand.

Das operative System meines Auffassungsvermögens des Geschehenden brach zusammen, ich konnte nicht einen einzigen nützlichen File finden. Doch der Autopilot übernahm und ich reichte ihr meine Hand. Warme Finger drückten meine Hand und als wir uns losließen liefen ihre Finger zart über meine innere Handfläche.

Für mich sind Berührungen sehr intim. Ich mag es nicht, wenn Unbekannte mich berühren oder sich mit „Bises" austauschen wollen. Ich erlaube sogar manchen Freunden nicht, mich zu berühren. Möglicherweise ist es der innere Ekel. Oder meine Überzeugung, dass die Berührung eine Form der Übergabe von Energien ist. Und diese Substanz ist bei allen unterschiedlich.

Doch in diesem Moment setzte sich alles auf null und ich verstand nur wenig. Ich antwortet mit einer Geste auf die Geste der Begrüßung. All meine Abgebremstheit war auf dem bisherigen Level und Maja nahm wieder die Initiative in ihre Hände.

„Hast du einen Namen?"

In diesem Moment, so schien es, arbeiteten alle vorrätigen Generatoren und ich versuchte zu scherzen.

„Ja, ich glaube als ich geboren wurde, wurde mir ein Name gegeben. Anja." ich sprach den eigenen Namen nur mit Mühe aus. So als ob dieser fremd war und mir wenig bekannt.

„Anja also, fabelhaft! Hey, Sheri!" sie hob die Hand nach oben und rief den Barman. „Sheri, Pfote, machst du dem jungen Fräulein Anna eine „Blaue Lagune", fragte sie den heran gekommenen, subtilen Kerl mit großen Tunneln in den Ohren.

„Für dich, Biene, was immer du dir wünschst", antwortete er.

„Bist du alleine oder mit jemandem hier?" Sie setzte sich neben mich auf den freien Stuhl.

„Ich bin mit einer Freundin hier. Sie…Ähm…ist zu Bekannten gegangen. Und ich, nun…"

„Trinkst du diesen ekligen Saft? Oder was ist das, ein „Schraubenschlüssel"?", fragte sie und hob das Glas bis zur Augenhöhe, um zu verstehen, welches Getränk ich trinke.

„Nein, kein Schraubschlüssel, einfach Apfelsinensaft. Ich trinke nicht."

Maja lächelte.

„Wer trinkt hier überhaupt? Ich glaube, alle probieren es nur so aus. Ich habe eine deutsche Bekannte aus Dresden, die trinkt. Ich spreche nicht übers Bier. Das ist schließlich das Nationalgetränk, aber sie trinkt Wodka! Einmal waren wir…"

Und hier war die leise Pause vorbei und man hörte nur noch ohrenbetäubende Technomusik.

Dieser war wahrscheinlich der einzig passende Ort für Gays in unserer halb provinziellen Stadt. Die Musik dröhnte nicht die ganze Zeit. Die Pausen mit einer angenehmen, leisen Instrumentalmusik gaben dem Volk die Möglichkeit sich zu unterhalten. Der Klub war nicht groß, doch sehr gemütlich. Sofas, kurzbeinige Tische, Sitzsäcke, auf die sich alle mit Vergnügen schmissen, eine kleine Bühne in der Mitte und eine lange Bartheke, hinter der einige Barmänner standen. Die Gesichtskontrolle war nur eine Formalität, hier kannte fast jeder jeden.

Natürlich war die weibliche Gesellschaft vorherrschend, genauer gesagt die Gemeinschaft, die die Energien weitergab. Dieser unverständliche Ansatz einer aufgeregten Sexualität, einer gefühlten, elektrisierenden Angespanntheit, irgendeiner zärtlichen Sorge und gleichzeitiger Aggression, das alles nahm ich auf und es war unangenehm.

Ich ging selten an jene Orte, wo sich viele Menschen versammelten. Ich hatte irgendeine unbestimmte Angst vor Ansammlungen von Menschen. Und wenn nicht Ritka gewesen wäre, die mich jetzt im Stich gelassen hat und verschwand, wäre ich nicht hier her gekommen.

Maja traf ich vor zwei Jahren an der Uni. Das war mein zweites Studium. Mir wurde langweilig und ich reichte die Dokumente für ein Fernstudium in Jura ein. Ich kann nicht sagen, dass ich davon träumte, ein renomierter Jurist zu werden, nur musste ich mich mit etwas beschäftigen, und das Lernen ist meine langjährige Hingabe zum Zeitvertreib, um nicht an die Gegenwart zu denken. Und in der Gegenwart gab es Einsamkeit, das Lesen von Büchern, die Verbortheit der Mutter, eine langweilige Arbeit als Manager in einer kleinen Firma, die etliche Businessveranstaltungen organisierte.

Erste Sitzung. Das Kennenlernen mit schon erwachsenen Kursteilnehmern, die Einschätzung der Dozenten und das Abzählen der Schmiergelder. Alles nach Standard und vorhersagbar. Außer zweier Treffen, die von der Monotonie der Vorlesungen und wenig aufregenden Unterhaltung mit den Kommilitonen abhoben. Beide fanden in der Universitätsbibliothek statt, beide am gleichen Tag, beide zerbrachen meine Schablonenhaftigkeit.

Die lange Literaturliste für die Fächer stimmte mit der langen Schlange in der Bibliothek, in der ich bereits 15 Minuten lang anstand. Das Quadrat vor der Ausgabetheke der Bücher war voll gedrängt mit Studenten. Lachen, Kreischen, alles vermischte sich, und diese Kakophonie machte lebhaft und erzeugte eine Vorahnung auf etwas Neues. Ich beobachtete, wie eine junge Frau in ihrer Tasche wühlte und nichts finden konnte. Sie stand etwas weiter weg von der Menschentraube und wiederholte mit ihren Lippen „Fuck".

Dann, nachdem sie die Geduld verloren hatte, schüttete sie alles aus der Tasche auf den Boden und begann auf den Knien stehend in dem Inhalt zu graben. Doch wie seltsam, sie fand nicht das, was sie suchte, nahm die Tasche mit Zorn in die Hand und begann noch wütender in ihr Inneres zu schauen. Als sie eine der inneren Taschen aufmachte, die ich nicht sehen konnte, lächelte sie schief. Und ja, vollkommen nach dem Gesetz des Genres, war das ein Glanzstift für die Lippen, rosafarben. Immer noch auf den Knien stehend, machte sie die Tube auf, nahm einen Handspiegel, der zwischen den Sachen auf dem Boden lag und begann mit einem besonderen Vergnügen mit dem Pinsel ihren Mund zu bestreichen. Nach dem vollendeten Akt räumte sie alles wieder in die Tasche ein, stand auf, richtete sich den Rock und gesellte sich sorgenlos zu ihren stöhnenden Freundinnen in der Schlange.

Für mich ist es immer eine Offenbarung, wenn vernünftige Menschen sich so verhalten. Das sind nicht mal Instinkte, das ist irgendeine glamouröse Hysterie, die sich im Gehirn festgesetzt hat und einen zwingt eine geschminkte Puppe zu sein. Obwohl ich ein professionelles Make-up schätze, das die Schönheit der Frau unterstreicht und das preis gibt, was vor der Allgemeinheit verborgen bleiben soll. Bald war ich die Erste in der Schlange und stand neben der Theke. Das war eine Erschütterung: Vom Äußeren bis zur Stimme, von der Stimme bis zur Manier zu sprechen, von der Manier zu sprechen bis zum eigenen Können, sich zu halten. Vor mir stand die sogenannte „Mademoiselle Freken Bok", eine Dame von betagtem Alter, runder Kurven, mit leuchtend roten Haaren (solch eine Farbe entsteht wenn man das Haar mit Henna färbt) zusammengebunden zu einem Dutt im Nacken. Die Lippen, karottenfarben, bildeten eine Linie, die etwas zusammengekniffenen Augen schauten mich abschätzend an, auf den Wangen war eine künstliche Röte, und die Falten unterstrichen mit feinen Linien ihr Alter. Ja, darin war etwas weiches. Ihre große Brust war etwas hin zur Theke gebeugt.

„Kindchen, meine Unwiderstehlichkeit ist allen bekannt. Was möchtest du?", wandte sie sich abschätzig an mich.

„Bücher", schoss es aus mir heraus vor Überraschung.

„Ja, so ist es, wir verkaufen hier keine Eiscreme. Was hast du da? Die Menschen warten, Kindchen!"

Ich blickte mich um, so als wollte ich mich von ihren Worten überzeugen. In unerwarteten Situationen und in Stresssituationen stehe ich oft da wie nach einem Kurzschluss. Alle logischen Verbindungen reißen ab. Und ich erstarre dann oder beginne offensichtliche Dinge zu machen. Wie diesmal auch.

Zwei Helferinnen, junge Frauen von etwa neunzehn, zwanzig Jahren, standen schon hinter ihrem Rücken und blickten mich ebenso erwartungsvoll an.

„Ich benötige….hier ist die Liste.", kam es aus mir heraus.

„Kannst du lesen, Teuerste?"

„Allgemeines Recht, Rhetorik, Strafprozess, Bürgerliche Prozessordnung…", begann ich aufzuzählen.

Ohne abzuwarten, bis ich zu ende lese, drehte sie sich zu den Frauen um und sagte:

„Diese Schönheit ist von der Fernuni, Juristen, die Standartsammlung", sagte sie direkt und schnell.

Die Frauen flogen in verschiedene Richtungen.

„Und nun höre zu, Kindchen. Ich heiße Margarita Mihajlovna. Man sollte sich mit mir anfreunden und Geld mitbringen."

„Das ist vielleicht eine Wende", dachte ich.

„Meine Gazellchen bringen dir gleich deine Bücher, und du bringst ihnen dafür nächstes Mal Schokolade, sie sind Naschkatzen, was soll man da tun. Und für mich Tesafilm."

„Wozu brauchen Sie Tesafilm?", fragte ich.

Sie wackelte mit dem Kopf und antwortete: „Ich foltere gerne neugierige Studenten."

Jemandes grober Bass hinter meinem Rücken rief: „Guten Tag, Margarita Mihajlovna!"

„Bist du das, Volkov?", fragte sie etwas hochnäsig.

„Ja!", antwortete der Kerl. „Ich habe Tesafilm mitgebracht."

„Dein Tesafilm wird dir nicht helfen, Volkov, solange du Internationales Recht nicht bestanden hast."

„Ich habe es bestanden."

„Volkov, ärgere mich nicht", sagte Margarita Mihajlovna lächelnd.

Hinter meinem Rücken lachte wieder dieselbe Stimme.

In diesem Augenblick setzte sich Margarita Mihajlovna an den Tisch, der neben der Theke stand, setzte sich die Brille auf und wandte sich an mich.

„Kindchen, wollen Sie einen Leseschein?"

Ich nickte.

„Wie heißt du? Gib mir deine Angaben. Oh, göttlichen Götter!"

Ich reichte ihr eine Karte.

„Das heißt du heißt Anna Krylova. So tragen wir es ein."

In der Schlange tuschelte man mit verschiedenen Stimmen, Gelächter rollte in Wellen an mich heran und ich blickte auf die feurig rote Krone dieser charismatischen Frau und wusste bereits, dass sich mich bezaubert hat. Noch einige Minuten trug Margarita Mihajlovna mit einer geraden, kalligrafischen Schrift meine Daten in den Leseschein ein.

Dann hob sie die Augen, wollte etwas fragen, doch da tauchte ein junges Fräulein auf und schubste mich schmerzhaft mit ihrem Ellenbogen weg. Ihr Anblick war der der bunten Wunderblume aus einem Volksmärchen: aschblondes Haar, eine weit geöffnete leuchtend-rote Bluse, blaue Jeans, rote Strümpfe mit weißen Streifen und gelbe Schuhe.

„Margarita Mihajlovna", sagte sie fast schreiend. „Ich brauche dringen die Kaz. Geschichte, sofort!"

„Pasechko, hör auf zu schreien, ich bin nicht taub", antwortete leise Margarita Mihajlovna. „Du hast doch letzte Woche bestanden, du sagtest, dass du dich durchgeschossen hast. Wozu jetzt noch?"

„Ja, Mist, es ist doof gelaufen. Ich dachte sie borgt mir...", sie stutzte, sich erinnernd. „Ich benötige es unbedingt, Margarita Mihajlovna. Ich werde eine Woche im Archiv Bücher zusammenkleben, wirklich, aber bitte, ich brauche es sofort."

„Nun Liebes, ich habe dich nicht an der Zunge gezogen. Ich sehe dich dann am Montag nach der Vorlesung im Nebenraum sitzen. Wenn du nicht da bist, komm mir nicht unter die Augen, einverstanden?"

„Ja!", die junge Frau sprang fröhlich auf der Stelle auf.

Und Margarita Mihajlovna stand langsam auf und ging eilend zum Bücherregal.

In dieser Zeit brachte ihre zwei Helferinnen, wie auf Befehl, jede einen Stapel Bücher für mich. Sie trafen sich, als ob sie sich lange Zeit nicht gesehen haben und begannen etwas auf kasachisch zu beraten. Ihre gelassene Chefin zeigte sich nach einer Minute und hielt ein zerflattertes Buch in ihren Händen.

„Dieses bringst du auch in Ordnung", sagte Margarita Mihajlovna streng und legte das Buch auf das Regal vor dem lächelnden Paradiesvogel. „Unterschreibe die Karte und weg mit dir, Frechdachs."

Die junge Frau verschwand genauso plötzlich und zielgerichtet wie sie aufgetaucht war.

„Nun mit dir Krylova.", sie nickte ihren Helferinnen zu und sie begannen Karten aus den Büchern herauszuholen und mir diese zum Unterschreiben weiter zu reichen. „Diese Bücher

darf man nicht einhalten, geh sorgsam mit diesen um, wenn die Vorlesung abgeschlossen ist, bringst du sie sofort zurück."
Ich nickte auf ihre Worte und unterschrieb die Karten.

Als ich die Bücher in den Rucksack steckte, verstand ich, dass es der Liste nach mehr Bücher sein müssten, als ich bekommen habe. Ein fragender Blick, gerichtet auf Margarita Mihajlovna, wurde richtig interpretiert.

„Den Rest holst du später ab, die brauchst du nicht bis zur zweiten Vorlesung", erwiderte sie kategorisch und verabschiedete sich mit einem lang gezogenen: „Tschü-u-ss, Krylova!"

Nach diesen Worten schubsten mich die hinter mir stehenden nach vorne, okkupierten sofort die Theke und mir blieb nichts anderes übrig, als mich zum Ausgang durchzuschlagen. Ich versuchte den vollen Rucksack über die Schulter zu hängen und erhaschte mit dem Seitenblick ungewöhnliche Handbewegungen. Ich drehte den Kopf und sah zwei junge Frauen, die in der Mitte der Schlange standen, einander anblickten und, ohne jeglichen Laut von sich zu geben, gestikulierten.

Das war ein wahnsinniger, merkwürdiger Tanz von vier Händen. Ich verstand, dass die tauben Gesprächspartnerinnen sich wegen irgendetwas streiten. Die Gesten von beiden Seiten, waren abrupt. Mal wackelte die eine, mal die andere mit dem Kopf, wahrscheinlich müde von den Erklärungen. Unsere Blicke trafen sich.

Das war die zweite Erschütterung des Tages.

Ich wurde in die Tiefe gezogen, ich machte die Augen auf und schaute nach oben. Mein Körper schwebte, die Sonne war ein flackernder gelber Fleck, und ich fühlte mich aufgewühlt und dieses Gefühl erschien mir so neu, dass ich keinerlei Angst verspürte. Ich wurde vom Paten herausgeholt.

Und in diesem Augenblick versank ich erneut. In derselben aufwühlenden Woge, mit derselben Verschwommenheit alles Umgebenden, mit demselben Gefühlsverlust meiner eigenen Existenz. Diese Sekunde ihres Blickes reichte aus.

Sie drehte sich wieder zu ihrer Gesprächspartnerin und gestikulierte noch schneller. Meine Bücher brachten mich wieder zu mir selbst und ich trug sie aus der Bibliothek. Die Realität bekam einen Riss.

Drittes Zeichen

Ich wachte mit Kopfschmerzen auf. Ich hasse diesen Zustand eines faulen Apfels, wenn jede Bewegung eine weitere Erschütterung ist, wie ein Gele im Kopf.

Die Augenlider heben sich langsam, und die roten Augen – ein Protest irgendetwas zu tun. Doch man muss aufstehen, gehen, sich beeilen und arbeiten. Und…Sie rief nicht an. Die dreitägige Quarantäne war längst vorbei. Eine Woche verging. Eine ganze Woche. Man hat mich abgezogen - so wie man einen Weidenzweig vor Ostern abreißt.

Das Aufstehen vom Bett gelang mir nur mit Mühe. Ich riss den Kopf vom Kissen - wie einen angetrockneten Kaugummi vom Stuhl. Die Dusche half nicht. Das Wasser, das an den verzapften Haare entlang floss, zog den Schmerz hinter sich nach. Und jeder Tropfen, der sich von einer Haarsträhne losriss, glich einer Sprungfeder, die den Schmerz zurück zu der Quelle seines Ursprungs jagte. Jeans, Hemd, eine dunkle Weste, Schuhe „unisex" und eine leichte Jacke wurden automatisch angezogen. Gut, dass heute Freitag ist und der inoffizielle Dresscode auch so durch geht, ohne weitere Folgen.

Ich – Zombie ging nach draußen.

„Annuška! Annuška, bleib stehen!", schrie mit einer piepsigen Stimme Ekaterina Matveevna, die Älteste des Hauses.

„Oh, Gott, nur nicht heute!", dachte ich, bereits ahnend, dass der Tag scheußlich sein wird.

Die herannahende, füllige Dame, versuchte eine Fülle an Informationen in meinen Kopf zu platzieren. Ich fing nur die auf, dass heute, um sieben Uhr Abends, ein Treffen der Bewohner statt finden wird. Die Liste mit den Fragen für die Besprechung ist groß und, dass ich anwesend sein müsse.

Ich nickte, beugte mich vor Schmerz, sagte „gut" und ging schnellen Schrittes zur Bushaltestelle.

Die Sonnenbrille dämpfte die Strahlen der spielenden Frühlingssonne und die Blicke der Vorbeigehenden. Diese dunkle Abschirmung half mir immer dabei, mich von der Umgebung zu distanzieren.

Bushaltestelle. Drei Jugendliche, ungefähr zwölf Jahren alt, quatschten über die bevorstehende Klassenarbeit und machten sich über die Lehrerin lustig.

Ein altes Weiblein saß friedlich auf der Bank und ich lehnte mich an den Pfeiler, der das Dach der Bushaltestelle stützte, und betrachtete das riesige Werbeplakat, das auf der gegenüberliegenden Seite der Straße an der Hauswand hing .

„Die Waschmaschine „V....“ - erledigt alles für Sie!" „Wird sie für mich arbeiten gehen?", dachte ich.

„Gott, wie stupide. Warum habe ich sie selbst nicht nach der Telefonnummer gefragt? Wobei, ist jetzt auch egal, ich hätte sie sowieso nicht angerufen. Ich rufe nicht an, trinke und rauche nicht. Immer nur das „Nicht" und im Endeffekt - nichts."

Der Kopf schmerzte immer noch. Eins der seltsamen Dinge meines Charakters, ist ein bewusster Masochismus. Noch in der Kindheit hielt ich viel aus. Ich begann nicht zu weinen, bis der Schmerz unerträglich wurde, öffnete immer die Wunden und mit einem trüben Vergnügen schaute ich, wie aus der Wunde das Blut zu fließen begann.

Ich mochte es, schmerzhafte Gefühle zu erforschen: das tropfende Wachs der Kerze auf die Handfläche: das Ziehen der Weidenrute auf den Oberschenkel; der Effekt eines Gummibandes auf dem nackten Körper. Vielleicht ist es ein unbewusstes Verhalten des Opfers? Auch jetzt, während ich im Bus durchgerüttelt wurde, durchlebte meine Super-Geduld eine weitere Herausforderung. Der Kopf wurde zu einer Glocke, die den ganzen Körper mit Schmerz füllte. Ich beschloss, dass sobald ich auf der Arbeit bin, ich eine Tablette einnehmen werde.

Weitere zwanzig quälende Minuten gingen zu ende, ich sprang nach draußen, noch fünf Minuten zu Fuß, dritte Etage, Büro, der Tisch links am Fenster, eine Schublade und „Spazmalgon". Das Wasser, kauen, schlucken. Bald geht es mir besser.

20

„Anja, Anja, was ist mit dir?", hörte ich Veras Stimme und hob den Kopf. „Anja, was ist passiert?", wiederholte Vera mit weit geöffneten Augen.

„Ich habe Kopfschmerzen."

„Ich komme halt auf dich zu - „Hallo!" Und du sagst kein Wort, sitzt da mit gesenktem Kopf, die Hände verschlossen. Ich dachte schon es ist was Ernstes. Hast du die Tablette eingenommen?"

„Habe ich."

„Nun gut. Doch wirklich, ist alles okay, du wirkst so blass?", fragte Vera mit Anteilnahme.

„Mach dir keine Sorgen. Es ist alles okay."

Vera blickte mich noch einmal aufmerksam an, machte mit den Fingern ein Zeichen, dass sie mich beobachtet und verließ das Büro. Das war ihr Morgenritual. Sie kam in das Büro, zog die Oberkleidung aus, nahm die Tasche und ging in das Damenzimmer, um die Schminke aufzufrischen. Die Prozedur bestand aus dem Folgenden: Tuschen der Wimpern, Korrektur des Lippenstiftes, das Richten der Frisur, seinem idealen Spiegelbild zulächeln und zurückkehren in das Büro, kampfbereit für die „fruchtbare Arbeit für den Segen unserer Firma."

„Anjuta, der Tag ist wundervoll!", sagte Vera als sie zurückkehrte. Sie schmiss die Tasche auf ihren Sessel und ging zum Fenster.

„Meine Schönheiten!" Immer, wenn sie zu ihren Pflanzen sprach, lispelte Vera wie ein kleines Kind. Zimmerpflanzen waren ihre Leidenschaft. Die grünen Okkupanten nahmen alle Fensterbänke ein, standen auf den hohen Regalen, auf einem herrenlosen Schränkchen und auf einem etwas tieferen dreistöckigen Regal, direkt neben dem Tisch der Hausherrin.

„Anja, sind deine weggeflogen? Semjen hat gestern den Chef raushängen lassen, hat nachgefragt."

„Ja, sind sie. Der Chauffeur hat mich angerufen. Der Abflug wurde zweimal abgebrochen, doch dann ging alles gut."

Vera umging ihre „grünen Liebhaber", goss einige von ihnen, bei anderen grub sie die Erde etwas durch, und an manchen brach sie die vergilbten Blätter ab, und dann setzte sie sich mit einem zufriedenen Blick an ihren Tisch.

Zu diesem Zeitpunkt wurde mein Kopf ganz leer. Der Schmerz war vorüber und nur einige unbequeme Noten stöhnten noch zum Takt dieser Glocke, die mich seit dem Morgen quälte.

Ich blickte auf den Monitor. Oh Gott, diese unendlichen Briefe. Bald erwachen die Telefone, die Leitung wird aktiviert und es beginnt der routinierte Kreislauf – vorlesen, aufschreiben, versenden, anrufen, abstimmen, antworten, erinnern, an machen, durchstreichen, nicht vergessen. Wir leben und arbeiten in Verben.

Mein Philosophieren wurde vom eintretenden Semjen unterbrochen.

„Guten Morgen! Anja, sind deine Speaker weggeflogen?"

„Ja, sind sie."

„Gut, rufe den Koordinator an, einer der beiden ist Vegetarier. Sollen sie ein Menü ohne Fleisch auswählen."

„Ich habe bereits Bescheid gesagt."

„Erinnere sie nochmal daran."

„Ja Sofort!", antwortete ich etwas harsch.

Erst vor ein paar Monaten saß Semjen mir gegenüber, genau ein solcher Manager, und fluchte über den leitenden Manager, der ihm vorschrieb, wie und was er zu tun hätte.

Semjen ging zu seinem Büro, und ich, wie gewohnt, lächelte ihm nach.

Sein Gang machte mich immer fröhlich. Jeder seiner Schritte glich einem Hüpfen. Und sein Gesäß hüpfte mit, hob seine Hosenbeine an, und ließ seine aufgeputzten Schuhe aufblitzen. Seine Bewegungen erinnerten an den Tanz von fülligen, aufreizenden Afroamerikanerinnen, die sich rhythmisch mit ihren Gesäßen zum Takt der Trommeln bewegten.

Das Telefon klingelte. Es ging los.

Am Abend küsste mich Vera auf die Wange und flog förmlich zu einem Treffen davon, und ich saß noch vor dem Computer und schrieb einen weiteren Brief zu ende. Ich wollte nicht nachhause. Morgen ist Wochenende und ich habe weder Pläne, noch Wünsche.

Maja rief nicht an.

„Was machst du hier?", Semjen verließ das Büro und verschloss die Tür

„Ich beende einen Brief."

„Anja, hör' zu. Ähm…ich mag es nicht, wie du mir manchmal antwortest, in welcher Tonlage. Ähm, meine Postion hat sich verändert. Ich bin nun dein Leiter…Und die Befolgung einer gewissen Subordination hat niemand aufgehoben", er stand in der Nähe des Tisches und drückte den Henkel der Laptop-Tasche so fest zusammen, dass seine Knöchel weiß wurden. „Ich hoffe, du verstehst mich?"

Ich blickte auf Semjen und konnte nicht glauben, dass der ehemalige Nörgler, der sich immer über seine Ehefrau beschwerte, die sich nach dem Sex zur Wand dreht, sowie auf die Schwiegermutter, die ständig unzufrieden ist mit ihrem faulen Schwiegersohn, mir heute Lektionen erteilt. Ich atmete aus und antwortete - langsam, jedes Wort hervorhebend:

„Natürlich, Semjen Aleksandrovič, ich verstehe alles. Mein Verhalten wird angemessen sein, und der Ton höflich", ich wollte noch hinzufügen: „Um ehrlich zu sein, scher' dich zum Teufel...", doch ich drehte mich um und schaute wieder auf den Monitor.

„Also gut. Auf wiedersehen!"

Ich antwortete nicht.

Als ich das Haus erreichte, sah ich die Nachbarn. Ekaterina Matveevna sammelte Unterschriften bei denen ein, die noch nicht weg gegangen sind. Ich wollte mich umdrehen und das Haus von der anderen Seite umkreisen, damit sie mich nicht bemerkt, doch es war zu spät. Ekaterina Matveevna blickte auf mich und winkte mich verzweifelt zu sich.

„Annuška, du hattest es doch versprochen. Wir haben bereits alles besprochen", ihr Aufpiepsen am Ende jeder einzelnen Phrasen bohrten sich in meine Ohren.

„Wir haben kein Geld für eine Renovierung des dritten und vierten Treppenhauses. Unterschreibe hier, wir werden zusätzlich sammeln. Dann haben wir noch eine neue Aufstellung für das Aufräumen bestimmt. Im nächsten Quartal werden wir mit der Dachreparatur beginnen!", sie sprach ohne Pausen. „Das Licht blinkte vor ein paar Tagen, jemand hat sich an uns angeschlossen. In den Aufzügen wurden alle Plakate abgerissen, die haben kein Recht, diese dort aufzuhängen. Ja wir haben einen neuen Polizeibeamten zugewiesen bekommen…" Ich wollte, dass diese Tortur aufhört.

Nach zehn Minuten schaffte ich es, mich von der Ältesten davon zu stehlen, und dies auch nur deswegen, weil sie auf die benachbarte Katzenliebhaberin umschaltete. Sie schmiss sich sofort auf die erschrockene Frau - wegen den Beschwerden der Bewohner auf den Geruch.

Der gestrige Salat mit Lachs war bereits schlecht. Es gab kein Brot. Ich kochte mir einen Zimttee, schnitt ein Stück des Cheddars ab. Die Tischlampe in Form eines Kolbens mit schwimmenden, neonfarbenen Medusen warf unscharfe Schatten auf die Wände. Verschlossene Vorhänge und - Stille.

Die Erwartung ist ein Kampf mit der Zeit. Wenn der Rhythmus des Lebens bewusst wird. Du läufst wie gewohnt, doch spürst du jeden Schritt, durchlebst ihn tiefer, hoffend, dass dies der letzte sein wird. Und wenn er da ist, dann kann man stehen bleiben, ein Häkchen in die Zeit setzen. Mein Kampf verging im Nichts.

Sie wird nicht anrufen.

Viertes Zeichen

Der Zufall, genau der, verändert manchmal das gängige Sujet des Lebens. Sollte man darüber nachdenken, warum das Schicksal diese Überraschungen bereit hält? Wobei, kann jemand eine Antwort darauf geben? Die Analyse funktioniert später, wenn du jenen Moment, der alles verändert hat, verfluchst oder ihm dankst. Der Kaffee wurde kalt. Ritka war immer noch enttäuscht von dem Verhalten ihrer „Ehemaligen".

„Sie klebte sich an mich, wobei Kitti, noch schlimmer als sie selbst, zehn Meter weiter stand. Ich sage ihr: „Bist du etwa krank?" Und sie zu mir: „Ich habe Sehnsucht. Kannst du es dir vorstellen? Du hattest recht, als du sagtest, sie sei nicht adäquat. Genau!"

Ich blätterte die Fotos auf Ritas Telefon.

Lächelnde Gesichter, Grimassen, heraus gestreckte Zungen, Hörnchen, wie gewohnt. Diese Serie der Fotografien unterschied sich nicht von den hundert vorigen, von den Abenden, an denen die fröhliche und offene Rita der Stammgast war. Ich strich maschinell auf den Bildschirm, ohne die Gesichter zu unterscheiden, da blieb mein Finger auf einer Fotografie zweier Frauen stehen. Die eine kannte ich, die andere erkannte ich.

„Wer ist es?", unterbrach ich Ritka.

„Wo? Das ist Maja."

„Welche Maja?", die Stimme zitterte.

„Maja, sie kam mit der rothaarigen Tanjka. Kann super tanzen. Warum bist du so angespannt?"

„Ich habe sie in der Uni gesehen, als ich das Fernstudium machte. Erinnerst du dich? Ich hatte es dir erzählt."

„Aaah, das ist diese Taubstumme? Doch sie kann sprechen, und wie."

„Sie ist nicht taubstumm, sie ist ein super Übersetzer, ihre Freundin war taubstumm."

Ich nippte am kalten Kaffee und erinnerte mich, wie wir Tee mit Kommilitonen tranken, in der Unimensa. Die Vorlesung zur Rhetorik, deren Dozentin noch nicht einmal zwei Worte zusammen reimen konnte, war gerade zu ende gegangen.

Mich enttäuschte diese Inkompetenz. Rhetorik, oratorische Kunst, wo sind sie?

Der Gebrauch von parasitären Worten, fehlerhafte Akzentsetzung, im Endeffekt nennt sich der Mensch Pädagoge und versucht dabei auch noch jemandem die oratorische Kunst bei zu bringen. Lustig und widerwärtig zugleich. Und solche Menschen werden von nichts in Verlegenheit gebracht. Vor Empörung hoppelte ich auf dem Stuhl herum und meine Kommilitonen, beide um die vierzig Jahre alt, lächelten mich im Gegenzug verständnisvoll an. Meine Hände flatterten und ich hätte fast den Tee vergossen, und als ich den Becher rechtzeitig schnappte, erblickte ich die schweigenden Gesprächspartnerinnen aus der Bibliothek. Seit dem Treffen sind einige Monate vergangen und während ich auf den Fluren der Universitäten umherirrte, behielt ich die vorbeigehenden Studenten stets im Blick, in der Hoffnung, die beiden zu treffen. Genauer sie.

Maja ging vorne. Ein schwarzes Hemd, ein offener weißer Pullover, blaue Jenas, leuchtend rote Schuhe. Ihre Begleiterin war für mich nur ein unbedeutsamer Hintergrund, den ich eigentlich überhaupt nicht beachtete.

Mein abruptes Schweigen und die Blässe erschreckten meine Kommilitoninnen.

„Was ist geschehen? Geht es dir schlecht?", rollten die Fragen. Ich machte den Witz, dass ich manchmal hängen bleibe wie ein Computer, der von einem Virus angehalten wird. Und ich versuchte nicht in Richtung des Tisches zu blicken, an dem Maja und ihre zweite Hälfte saßen.

Ich beschäftigte mich oft mit der Frage, was uns am anderen Menschen so anzieht? Welcher Trigger funktioniert plötzlich, sodass die Gedanken an diesen Menschen derart prevalieren, sodass eine gewisse akzeptable Norm überschritten wird? Ist es vielleicht das unbewusste Streben einen Doppler zu finden, sich selbst bis zur gänzlichen Vollkommenheit zu füllen?

Chemie? Karmischer Kontakt aus dem früheren Leben? Was? Und das Wichtigste ist, es gibt nichts Konkretes, nicht für sich selbst, nicht für andere, es gefällt einem einfach, das war es. Du spürst es und willst es spüren.

Zum Ende der zweiten Vorlesung, als ich die Bücher abgab, kam ich mit Margarita Mihajlovna ins Gespräch.

„Du wirst die Kriminalistik lernen, Kindchen. Ajgul Serikovna wickelt keine Geschäfte ab, nimmt nichts an. Prinzipiell. Es sollte mehr von solchen geben, dann bleibt vielleicht endlich etwas in euren Köpfen hängen." Sie schaute mich aufmerksam über ihre Brille hinweg an .

„Und der strafrechtliche Prozess?"

„Bin ich etwa die Auskunft? Krylova, man muss lernen!"

„Ja, ich verstehe…Margarita Mihajlovna, Sie kennen doch alle?"

„Wozu die Frage? Hm?", fragte sie erzürnt.

„Ich habe die jungen, taubstummen Frauen gesehen…wie können…wie können sie…lernen…sie sind doch…"

„Krylova, bist du etwa ein Spion oder von Natur aus so neugierig?"

„Nun, einfach so…interessant…"

„Und warum wirst du dann so rot?! Du wirst nie ein Spion werden! Nur die eine der beiden studiert in der juristischen Fakultät, jene, die höher ist, die Blonde. Die dunkelhaarige ist ihre Übersetzerin."

„Margarita Mihajlovna, sind sie…"

„Oh Gott, Krylova! Du hast die Bücher abgegeben, Schokolade, Tesafilm - auch abgegeben. Jetzt kannst du gehen!"

In der nächsten Sekunde hörte ich.

„Tschü-u-ss, Krylova!", was bedeutete, dass es keine Fortsetzung geben wird.

Rita und ich schreckten auf. Die Bedienung ließ das Tablett fallen. Wir beobachteten einige Minuten, wie der heran gestürmte Manager sich vor den Besuchern entschuldigt, die mit Kaffeelatte beschmutzt wurden. Und der daneben stehende, plumpe Kellner setzt sich die ganze Zeit in die Hocke, als ob er auf Toilette müsste.

„Sie ist oft in den „Bermudas". Ich konnte dich ja nicht dorthin mitschleppen, doch vielleicht bist du diesmal einverstanden?" Ritka kniff die Augen zusammen und blickte mich an.

„Du weißt doch, welche Einstellung ich zu solchen großen Anhäufungen von Menschen habe. Und die Musik dröhnt!"

„Maja wird auch vor Ort sein! Ich habe bereits damals verstanden, dass du ein Auge auf sie geworfen hast. Ich gehe am Samstag. Und du?"

„Ritka!"

„Anjka, hab dich nicht so. Sonst wirst du noch verwildern. Wenn du nicht gehst, werde ich sie mir selbst vorknöpfen. Sie ist nicht schlecht! Schau!"

Ritka fand eine weitere Fotografie, auf der Maja, halb zugewandt zu der Kamera, mit einem Sektkelch in der Hand stand. Sie lächelte und warf den Kopf etwas zurück, sodass man auf ihrem Ohrläppchen drei Ohrringe sehen konnte.

Dieses Bild hat sich irgendwie wiederholt. Wir trafen uns bereits drei Monate. Auf der Datscha unserer gemeinsamen Bekannten versammelten sich ungefähr zwölf Menschen. Ein Zweietagenhaus, eine große Veranda, und hinter dem Haus waren Himbeerhecken. Die Sonne ging langsam unter. Die Hitze verschwand. Musik, Alkohol, Snacks – eine Freude. Maja nahm meine Hand.

„Lass uns Himbeeren sammeln gehen?"

„Was ist mit den Mädels? Wir wollten doch „Krokodil" spielen?", ich beobachtete, wie die Herrin der Datscha, die Anwesenden in zwei Teams teilte.

„Zum Teufel mit dem Krokodil. Die Himbeeren sind süß." Sie umarmte mich und küsste mich in den Nacken.

„Komm, ich werde dich füttern."

„Damit hätte man anfangen sollen."

Maja ging vor. Nachdem ich den Schnürsenkel auf dem Turnschuh zugebunden hatte, eilte ich ihr hinterher. Als ich mich in die Höhe streckte, stand sie bereits bis zur Taille im grünen Laub - mit einem Glas in der Hand. Damals dachte ich, dass ich es bereits irgendwo gesehen hatte. Und Maja pflückte die erste Beere und rief mich.

Ihre Lippen nahmen den Geschmack von Himbeeren an. Ich spürte ihn bei jedem ihrer Küsse. Wir haben uns viele Kratzer eingefangen, als wir uns auf eine Insel um eine große Eiche herum, die frei von Hecken war, durch die Dornen kämpften.

„Verstehe ich recht, dass die süßen Himbeeren nicht das Wichtigste an deinem Vorschlag waren?"

Maja lag neben mir und knöpfte mein Hemd auf.

„Ich würde sagen, das aller Unwichtigste, doch Köstliche", ihre Hand kroch unter meinen BH. „Du hättest es ahnen sollen, Erdbeere, Himbeere, ist doch alles dasselbe. Nun wird unsere Erdbeere unsere Himbeere sein."

„Kindchen, du bist durch Pornofilme ruiniert!"

„Und wie!"

Ihre Lippen berührten meine, aber gerade nur so lange, dass ich diesen Satz nicht in die Länge ziehen konnte.

„Wirst du mich noch lange so weiter aufreizen? Ich werde dir…"

„Tsch! Weniger Worte."

Maja zog ihr Tshirt aus und ich spürte ihre Wärme. Sie zog sich nicht mehr zurück…

Ich nahm ihre Hand weg und stand auf. Maja zog den Pullover dichter an ihren Körper. Im Haus schliefen noch diejenigen, die am Abend nicht weggefahren waren. Ich ging von der zweiten Etage hinunter nach draußen.

Es gab so viele Sterne.

Niemand kam bisher auf den Gedanken, nach zu zählen, wie oft der Mensch sich in einem Zustand vollkommenen Glücks befindet. Genau in jenem Moment, wenn du dir nichts vorstellst, nichts wünschst, sondern die Fülle des Moments spürst. In mir war die ganze Welt. Ein seltsames Gefühl der Vollkommenheit und einer stillen Freude. Das Zirpen der Grillen, Zwergohreulen, die irgendwo in der Nähe saßen, die feuchte Kühle der Nacht. Mein Moment des Glückes, der für immer bleibt.

Fünftes Zeichen

Es war ein farbenfreudiger, leuchtender Tag. Die Sonne schien zu attackieren, denn jedes mal, wenn die Wolken an ihr vorbei gezogen waren, versengte sie mit doppelten Kraft. Es war trocken, heiß, angenehm.

Wir gingen in der Stadt spazieren, in meiner Stadt, die mit ihr zusammen, so anders zu sein schien. Die ruhigen Gartenanlagen wurden durch das Vogelgezwitscher lauter. Schmale Gassen schienen freiräumig zu sein; eben deshalb, weil sie ein Stück weiter entfernt von mir lief. Die grauen Fünfetagenhäuser deprimierten mich nicht mehr durch ihre mausgraue Farbe. Und ich konnte nicht verstehen, wie wir denn diese Welt wahrnehmen können, wenn jemandes Vorhandensein diese Weltwahrnehmung verändert.

Wir setzten uns neben die Fontäne in der Nähe des Opern – und Balletttheaters. Die zu uns fliegenden Spritzer erfrischten uns und machten uns angenehm wach. Maja versteckte das Grün ihrer Augen, kniff diese zusammen, auf die Sonne blickend. Ich hatte meine Sonnenbrille an und beobachtete sie mit Vergnügen, ohne Angst zu haben, dass mein direkter Blick von ihr bemerkt würde. Ich spürte immer noch ein leichtes Unbehagen in ihrer Anwesenheit und wusste nichts mit meinen Händen anzufangen als ich auf der Bank saß. Mal legte ich sie zusammen, mal kreuzte ich sie vor der Brust, mal legte ich die Handflächen auf die Knie, wie ein anständiges Kindergartenkind. Maja näherte sich mir, wahrscheinlich weil sie Mitleid mit mir hatte, ihre Finger rutschten unter meine Handfläche und drückten sie zusammen.

„Weißt du", sagte sie zu mir, auf die Fontäne blickend, „mein Vater brachte mich in der Kindheit oft hierher. Er mochte es, die Tauben zu füttern. Und ich kann diese nicht ausstehen."

Sie drehte sich zu mir, blickte mich an und lächelte.

„Warum?"

„Weil ich schon damals Mädchen mehr mochte."

„Aber Tauben und Menschen, das ist doch…"

„Entspann dich!", unterbrach sie mich, „Das war scherzhaft. Ich mochte es einfach nicht, mit meinem Vater spazieren zu gehen. Ich schämte mich für ihn, verstehst du?"

„Nein, verstehe ich nicht."

„Man schaute uns immer an. Taubstumme ziehen die Aufmerksamkeit auf sich. Wie Menschen mit Behinderungen oder Blinde, also Minderheiten. Ich erinnere mich, dass es mir weh tat. Ich konnte ja hören. Trotzdem schaute man auf mich genauso wie auf meinen Vater und meine Mutter."

„Schauen die Menschen irgendwie besonders?"

„Natürlich. Mit Neugierde und Mitleid. Nun gut. Erzähle mir etwas von dir."

„Ich? Was soll ich da erzählen?"

„Entschuldige, ich habe keinen Verhörbogen mitgebracht."

„Ich habe dich bereits vor dem Klub gesehen", strömte es aus mir, um wenigstens irgendetwas zu sagen.

„Ja, und wo?"

„In der Universität. Ich studiere an der Juristischen Fakultät, und du warst mit einer Frau zusammen, die an der Journalistischen studierte."

„Ja, das stimmt. Ich half Lena." Maja sprach den Namen so weich aus, dass es mich berührte. „Sie hört schlecht, manchmal hat sie nicht alles verstanden."

„Wie wurdest du zu einem Gebärdensprachedolmetscher?"

„Alles ist vorbestimmt. Wenn du in eine Familie von Tauben geboren wurdest und selbst hörst, dann hast du eine direkte Berührung damit. Seit meiner Kindheit kenne ich die Sprache der Gesten. Nach der Schule bin ich auf die Universität in Nowosibirsk. Dort lebt Mamas Schwester. Und nun bin ich ein Dolmetscher für Gebärdensprache. Und wer bist du?"

„Ich bin Biologielehrerin, aber gescheitert. Nach zwei Praktika wurde mir klar, dass ich einfach kein guter Pädagoge sein kann. Nun organisiere ich Business-Veranstaltungen, Konferenzen, Seminare."

„Du selbst?"

„Nein, unsere Firma beschäftigt sich damit."

„Hör mal, es ist so heiß. Lass uns Wasser kaufen", sie stand auf.

„Es ist auch so heiß, weil du bei mir bist."

Es wurde tatsächlich heiß.

So war es nach dem Tanzmarathon, auf das mich Ritka mitgeschleppt hat. Sie hat mich ungefähr zwanzig Minuten nicht von der Tanzfläche gelassen. Am Ende spürte ich, dass ich bald falle und vor Hitze sterbe, von dem trockenen Hals und dem Pulsieren im ganzen Körper.

In der Damen-Toilette war wie gewohnt eine Schlange. Gut, dass wenigstens eines der Waschbecken frei war. Das kalte Wasser half. Das glühende Gesicht hörte auf zu brennen, zwei Schlucke retteten den Hals.

Als ich raus ging, stieß ich gegen Maja.

„Oh, entschuldige!"

„Alles gut. Wie hat dir die „Blaue Lagune" gefallen?"

„Ja, sehr gut!", das Zittern kehrte zurück.

Ich war sauer auf mich selbst. Weshalb diese Reaktion des Organismus? Oder ist es eine Adrenalinausschüttung oder ist es Maja, in meinem System der Koordinaten, die den höchsten Punkt der Instabilität darstellt?

„Wenn es so ist, dann kannst du mir vielleicht deine Nummer geben?"

„Nun, ich gebe nicht an jeden meine Nummer heraus", ich wunderte mich über sich selbst, dass ich dies überhaupt zustande brachte auszusprechen.

„Nun, ich gebe nicht allen ein Cocktail aus", Maja schmiegte sich fast schon an mich, als einige Frauen sich an ihr vorbei zu den Toiletten drängten.

„Wie denn jetzt?"

Sie nahm ihr Telefon aus der Jeansjacke heraus.

Ihre Nähe legte jeglichen Widerstand lahm, und ich nannte ihr in einem Zustand der Trance die Ziffern.

„Ich werde dich anrufen", sagte sie und ging zur Tür der Toilette, dann drehte sie sich um, lächelte und fügte hinzu: „Bis bald, Anja!"

Ich konnte nicht schlafen. Dazu kam, dass nach ein paar Stunden dröhnender Musik im Kopf ein nicht enden wollender Lärm ertönte und ihre Worte sich wie auf einer sich wieder und wieder abgespielten Aufnahme im Kopf wiederholten: „Bis bald, Anja!" Ich wartete auf den Morgen, auf den neuen Tag, dass sie anruft.

„Klingelt dein Telefon?", Maja reichte mir eine kalte Flasche.

„Ja, entschuldige."

Ich ging zur Seite. Das war Mama, die anrief. Wie immer, begann sie damit, dass ich sie lange nicht besucht habe. Sie erinnerte daran, dass Sergej morgen Geburtstag hat und sie unbedingt wollen, dass ich dabei bin. Ich versprach ihnen, dass ich da sein werde, sonst würde ich sie nicht loswerden. Meine Mutter war zufrieden mit meinem Versprechen, stellte noch ein paar Fragen und legte dann den Hörer auf.

„Entschuldige. Das war meine Mutter."

„Du hast dich nicht sehr begeistert angehört."

„Wie auch, mein Stiefvater hat morgen Geburtstag."

„Ich sehe, du bist nicht froh darüber. Schwierige Verhältnisse?"

„Wahrscheinlich."

Maja hob erstaunt die Augenbrauen.

„Mutter und Vater haben sich scheiden lassen, als ich dreizehn war. Nach zwei Jahren kam Sergej dazu. Er ist okay, versuchte mit mir eine gemeinsame Sprache zu finden. Er liebt meine Mutter. Doch ich kann nichts einfach nichts dagegen tun, es nervt mich."

„So was kommt vor. Das kenne ich von mir selbst. Und, wirst du hingehen?"

„Nein, ich denke mir eine Lüge aus."

„Du bist also ein schlechtes Mädchen.", Maja lächelte.

„Und wie, du kennst mich noch nicht."

„Ist es eine Drohung?"

„Eine Tatsache."

„Ich mag unanständige Mädchen", sie machte eine Pause. „Inspiriert mich."

Es wurde wieder heiß.

Wir gingen noch einige Quartale und bogen in den Park ab. Auf schmalen Alleen gingen Mütter mit Kinderwagen spazieren, auf den Bänken erholten sich Rentner, sich lebhaft unterhaltend, mal hier, mal dort, auf dem Gras, saßen Pärchen. Wir setzten uns in den Schatten eines hohen Kastanienbaums. Das weiche Gras war angenehm kühl. Ich beobachtete, wie in der Weite aus einem Rohr, Wasser in einem Rinnsal fließt und dachte, wenn es vor zwei Tagen nicht geregnet hätte, wäre Maja jetzt nicht bei mir.

Ich bat Sergej um einen freien Tag. Die Woche zuvor blieb ich immer bis neun im Büro, bereitete mich auf die Konferenzen vor. Es regnete und ich war froh, nirgendwohin gehen zu müssen. Doch ich musste raus gehen, der Kaffee und die Milch waren alle, das ist alles für mich. Eine formlose Jacke, eine alte Jeans, Turnschuhe auf den nackten Füßen.

Der Schirm verbog sich von den schweren Regentropfen. Ich ging um die Pfützen herum, sprang über die Bäche, versuchte nicht auf die rosa Regenwürmer zu treten und begab mich in den Supermarkt. Nachdem ich die Straße überquert hatte und ca. hundert Meter gelaufen war, erreichte ich einen von Licht überfluteten Einkaufsladen. Ich streunte eine viertel Stunde lang zwischen den Regalen umher, schnappte mir außer dem Kaffee und der Milch noch andere Kleinigkeiten, bezahlte und ging nach draußen, wo es bereits noch stärker regnete.

Ich musste mich zwei Mal von der Fahrspur zurück ziehen, um nicht bespritzt zu werden, doch im Endeffekt überquerte ich die Straße. Ohne auf die Pfützen zu achten, die Tüten waren schwer, ging ich zum Haus, als ich von einer jungen Frau eingeholt wurde. Ohne Schirm, mit einer übergeworfenen Kapuze einer leichten Jacke. Ich erkannte sie sofort. Maja verlangsamte den Schritt und versuchte aus ihrer Tasche ein klingelndes Telefon herauszuholen. Doch die nasse Hose wollte dieses einfach nicht hergeben. Sie blieb fünf Meter vor mir stehen.

Es verging ein Monat seit unserem Treffen im Klub und ihrem

Versprechen anzurufen. Ich dachte mir: „Das hast du so verdient". Doch als ich die nasse Kleidung sah, und wie sie den Kopf in die Schultern einzieht, um sich vor dem Regen zu schützen, ging ich zu ihr und hielt den Schirm über sie.

Sie drehte sich zu mir und antwortete in den Hörer:

„Um zwölf Uhr dreißig also, das schaffe ich noch."

Sie benötigte einige Sekunden, um mich zu erkennen und die Verwunderung auf ihrem Gesicht wich einem strahlenden Lächeln.

„Ja, ja", fuhr sie weiter fort. „Ira macht ein Foto und dann können wir alles besprechen."

Maja flüsterte: „Danke", den Blick auf den Schirm richtend.

Ich stand da wie ein braver Page, blickte auf ihre Schulter und traute mich nicht in ihre Augen zu schauen. Und ich wurde wütend und dennoch zugleich froh, und ich spürte ein leichtes Zittern im ganzen Körper.

Nachdem Maja das Gespräch beendet hatte, blickte sie neugierig auf mich.

„Anja, was machst du hier?"

„Du erinnerst dich an meinen Namen, verwunderlich!"

„Ja, ich habe ein gutes Gedächtnis", sie vertrieb ein paar Tropfen auf ihrer Wange.

„Ich würde sagen, ein selektives Gedächtnis", beanstandete ich.

„Ja, entschuldige, dass ich nicht angerufen habe. Ich speicherte dich als Anja ab, und in meinem Telefon sind drei Anjas. Ich wusste nicht, wer von den dreien du bist. Es gießt heute, einfach schrecklich. Noch mal danke, dass du mich geschützt hast vor dem Regen."

Ich wollte ihr glauben. Und es war doch enttäuschend. Alles ist so einfach. Ich dachte den ganzen Monat daran, spielte unser Treffen in Gedanken wieder und wieder durch, beschuldigte zuerst mich, dass ich etwas falsch gemacht hätte, dann sie, weil sie nicht angerufen hatte. Manchmal schlägt der Gedankenmechanismus alle Rekorde und die Kontrolle über die gespielten Fantasien strebt gegen Null. Die Bilder, eines schrecklicher als das andere, machen Platz für einen weitaus mehr illusorischen Schrecken, und an diesen glaubt man am schnellsten. Doch in Wirklichkeit kann alles viel durchsichtiger sein – die Zufälligkeit, die Vergesslichkeit, die Unentschlossenheit. Alles einfach.

Ich wurde wacher und, meinem Prinzip widersprechend, mir schlecht bekannte Menschen nicht zu mir nach Hause einzuladen, sagte ich:

„Ich wohne hier in der Nähe. Du musst trocken werden und ich habe einen zweiten Schirm. Komm mit." Wahrscheinlich klang das dermaßen ohne Appell, dass Maja sofort einverstanden war. Erstaunt und leise sagte sie:

„Okay, lass uns gehen."

Maja näherte sich mir und ich spürte ihren Atem im Nacken.

„Ich dachte jetzt, was gewesen wäre, wenn wir uns vorgestern nicht getroffen hätten?"

„Ich habe auch darüber nachgedacht."

„Du riechst gut."

Ich fühlte, wie ihre Hand die Haare von meinem Hals streift und dann einen leichten Kuss.

„Das ist…das ist Shampoo, aus Japan."

Ich rückte etwas zur Seite.

„Hast du Angst vor mir?"

Ich schaute nicht auf Maja, aber wusste, dass sie lächelt.

„Nein. Doch hier sind Menschen und wir sind nicht in Europa. Und dir gefällt es auch…ja? Es gefällt dir, mich zu verunsichern?"

„Du bist so lieblich verlegen, dass es mir gefällt."

Das war eines jener Ereignis, in denen die Offensichtlichkeit des Geschehens mich nicht abbremste, sondern mich in eine ganz andere Richtung lenkte, mir Sicherheit gab.

Ich stand auf.

„Dann finden wir vielleicht einen Ort, wo ich nicht verlegen sein muss…Möglicherweise wird dir das viel mehr gefallen", nach diesen Worten, so schien mir, atmete ich so laut aus, dass der in der Nähe springende Spatz aufflatterte und zwitschernd davon flog.

Für Maja war das unerwartet, wie eigentlich auch für mich selbst. Sie stand auch auf, näherte sich mir ganz dicht und flüsterte:

„Mir gefällt alles, was mit dir in Verbindung steht."

Ganze zwanzig Minuten später. als ich die Tür zur Wohnung öffnen wollte, konnte ich immer noch nicht mit dem Schlüssel das Schlüsselloch treffen. Maja stand neben mir und brachte mich so sehr zum Lachen, dass ich mich nicht konzentrieren konnte. Die Tür ging endlich auf.

Ich verstand nicht, wie es geschah. Maja ging als erste rein, dann ich und in der nächsten Sekunde drückte ich fest ihre Hände und ihre Lippen küssten meine. Mit meinen Schulterblättern spüre ich die Wand. Ihre Hände streifen hinunter, auf meine Oberschenkel, sie knabbert an meinem Hals. Ich habe Angst, keine Luft mehr zu bekommen, es raubt mir den Atem. Ich ziehe ihr Hemd nach oben und spüre die Hitze ihres Körpers. Meine Jeans ist offen, ihre Finger unten, ich fange ihren Rhythmus auf. Der Kopf dreht sich. Maja flüstert, ob sie mir weh tut, und ich will nur das eine, dass sie nicht aufhört....

Ich höre, wie hinter der Wand die Nachbartür aufgeht…ihre Finger bewegen sich stärker, schneller…Serik hustet wie immer, macht die Tür zu…ich sauge mich in ihre Lippen, ziehe sie an mich…ein Schlüssel klimpert…Maja bleibt für einen Augenblick stehen, blickt auf mich…ich höre die sich entfernenden Schritte des Nachbarn…ihre Finger werden wieder lebendig…Serik flucht auf die streunende Katze…ich stöhne…

Wir konnten noch einige Stunden nicht voneinander los lassen. Langsame Zärtlichkeiten lösen sich mit offener Leidenschaft ab, eiliges Flüstern mit genüsslichen Schreien, ein wahnsinniges Tempo der Bewegungen. Wir teilen miteinander, ohne trennbar zu sein…

Es entsteht ein seltsames Gefühl der Leere, wenn man das bekommt, wonach man sich lange gesehnt hat. Dieses innere Vakuum, die Bewusstwerdung, wo das „Ich" wie ein Teilchen der gesellschaftlichen Existenz, ausgelöscht wird, und du spürst etwas Großes, Einheitliches. Jenes Level, wo emotionslose Ruhe einkehrt, zu der alle streben. Ich spürte weder Fröhlichkeit noch Unruhe davon, dass sie endlich bei mir war. Es wurde mir einfach warm ums Herz, allein von dem Gedanken, dass ich morgen nicht alleine aufwachen werde.

Sechstes Zeichen

Ich berühre mich mit meinen Händen. Die Arme werden länger und verwandeln sich in zärtliche, grüne Stiele, die mich ganz einlullen, und ich sehe nichts mehr. Ruhe und Zärtlichkeiten. Ich bin frei, allein und das ist gut so, das, was ich jetzt brauche. Es gibt keine Gedanken, nur ein leichtes Schaukeln. Warm, gemütlich, angenehm. So…
Warum können Träume, solche Träume nicht ewig währen? Ich möchte den anderen Raum nicht verlassen, hinein in die reale Realität. Mehr real, als ich es wollte. Ich kann fliegen und nicht fallen, den Vater sehen und mit ihm sprechen, kann barfuß auf der Erde laufen und fühle keinen Schmerz. Ich kann so vieles dort, dass ich hier nichts tun kann. So vieles, was ich hier nicht tun möchte.
In meinen Gedanken spiele ich unser letztes Gespräch ab. Jene Hysterie der Gefühle, jenes Gefühl der Verlorenheit, des Endes. Ich fühle, fühle alles. Ich hasse dieses Wort. Ich hasse es zu fühlen. Ständiger Schmerz in der Brust. Sie heult, als hätte man ein Leuchtturm eines unaufhörlichen, dumpfen Schmerzes in diese implantiert. Schaltet ihn aus, bitte!
Schon wieder ein Morgen. Schon wieder…wozu?
Eine Tasse Kaffee verbrennt die Finger. Ich trinke nicht.
Der Kardiologe sagte, dass das Herz in Ordnung sei. Psychosomatischer Schmerz. Und ich weiß es, weiß es…
Dieses Wissen bringt um.
Seltsam, dafür weiß ich jetzt sicher, dass ich mein Leben nie mit einem Selbstmord beende. Zu schmerzhaft und schrecklich. Welche Dummheit, dass physischer Schmerz den inneren Schmerz ausblenden kann.

Der Verband ist schon wieder feucht. Er muss umgebunden werden.

Bald wieder zur Arbeit…

Ich stehe am Fenster. Der Bus kriecht langsam durch den braunen Brei. Es schneite die ganze Nacht. Kalt. Die Hand zuckt in der Tasche. Ich verbiete es mir, zu denken. Ich mache eine Gedankenkastration all dessen, was mit ihr verbunden ist. Sonst weiß ich nicht, wie ich mich distanzieren kann und alles vergessen. Vergessen…nicht in ihrer Matrix sein…

Schon wieder die Stille. Sie verbietet es den Geräuschen zu mir durch zu dringen. Das beruhigt sogar.

Ich beobachte, wie auf den verschneiten Bürgersteigen vereinzelt Passanten vorbei gehen, sich in Fellmäntel einmummeln, in Jacken, Pelze und ihre Mützen noch fester richten. Das Wetter unterwirft sie sich.

Und ich wollte mich ihr unterwerfen. Es schien, als sei es für mich eine Gesetzmäßigkeit, geleitet zu werden, denn sie inkorporierte Selbstsicherheit, Direktheit, Spontanität, Mut. In mir sind nur die Unentschlossenheit und der Widerwille, gehen zu lassen.

Das erste Mal stritten wir uns vor zwei Monaten. Wir waren im Kino. Der Film war Hollywood-Mist und wir, enttäuscht, beschlossen spazieren zu gehen, und wollten uns dann irgendwo rein setzen. Draußen war es nass und frostig. Schon nach fünfzehn Minuten saßen wir auf weichen Sesseln in einem warmen, gemütlichen Café und warteten auf unsere Bestellung.

„Worüber sprechen sie?", fragte ich Maja und zeigte auf zwei Frauen hinter dem Fenster, die sich in Gebärdensprache unterhielten.

Maja blickte in ihre Richtung.

„Warum willst du wissen, worüber sie sprechen?"

Ihre Tonlage und Worte schmerzten.

„Einfach interessant."

„Was ist daran so interessant?"

„Maja, was ist mit dir? Was habe ich Schlimmes gesagt?"

„Du gehst doch nicht zu gewöhnlichen Menschen und hörst zu, worüber sie sprechen? Oder machst du es immer so?", sie war plötzlich irgendwie fremd, distanziert.

„Maja, ich habe sie einfach nur gesehen und habe dich gefragt - das ist alles. Ohne irgendwelche Hintergedanken oder den Wunsch, dich zu verletzen."

„Mich? Was habe ich damit zu tun? Taubstumme sind immer wie auf einer Vitrine ausgestellt. Alle anderen starren sie an, wie auf gestikulierende Mannequins. Doch sie sind so wie alle, nicht krank, nicht unvollständig.

Ich verstand nicht, was passierte. Maja wurde blass, ihre Hände zitterten.

„Maja, verzeih mir, ich habe nicht gemeint, dass..."

Sie unterbrach mich.

„Was hast du denn gemeint? Worüber, denkt ihr, sprechen Taubstumme? Bei dieser ist die Tochter krank, sie erzählt wie teuer die Medikamente sind. Was hast du gedacht, worüber sie sprechen? Über die Geheimnisse des Universums?"

„Oh Gott, was für ein Unsinn. Maja, hör auf!"

Die Besucher des Cafés begannen uns anzublicken.

Wir wurden still. Die Bedienung brachte Kaffee und Kekse.

Dann entschuldigte sie sich, sagte, dass die Arbeit ihr den letzten Nerv raubt und wahrscheinlich die Hormone verrückt spielen - Prämenstruelles Syndrom. Sie umarmte mich, bat mich um Verzeihung, flüsterte, dass ich ihr sehr viel bedeute und sie selbst nicht versteht, warum sie so aufgebraust ist. Und später hat uns die Nach völlig versöhnt.

Jetzt ist auch fast Nacht. Ich hasse den Winter. Es entsteht der Eindruck, dass es keinen hellen Tag gibt. Du sitzt im Büro, beleuchtet vom Lampenlicht, durch die Jalousien siehst du auch kein Tageslicht, du lebst in der Morgen- und Abenddämmerung.

Und im Büro brennt Licht.

„Bist du etwa zu spät? Hallo!", Vera klopfte auf die Tastatur.

„Semjen ist heute wütend wie ein Hund. Hat nach dir gefragt."

„Hallo! Wie viel Uhr haben wir?", ich ging zum Tisch und legte den Pelzmantel auf den Sessel.

„Schon halb neun? Was ist mit der Hand?"

„Ich habe mich am Messer geschnitten."

„Oh, wie das!", Vera hörte auf zu tippen und blickte auf meine Hand. „Warum hast du sie so schlecht verbunden. Wo ist unser Arzneikasten?"

„Vera, es ist alles gut."

„Nichts ist gut.", sie ging zu der Schublade und nahm den Arzneikasten heraus.

„Zeig her, was hast du da? Mist, schau, das Blut sickert durch."
Vera begann vorsichtig den Verband zu öffnen.

„Warum warst du so unvorsichtig...", sie machte den Verband ganz auf und verzog das Gesicht, als sie die Wunde sah.

„Teure, hier muss man nähen."

„Nein, das verheilt."

„Anja, was redest du für einen Bockmist! Die Wunde ist tief."

„Vera, mach sie zu und ich beginne zu arbeiten."

„Wie soll man hiermit arbeiten...", sagte Vera beleidigt.

Ich fasste sie mit der gesunden, rechten Hand an die Schulter.

„Vera ich bitte dich, verbinde sie einfach!"

Sie gab nach.

„Dann werde ich die Wunde wenigstens bearbeiten."

„Gut", war ich einverstanden.

Semjen kam mit rotem Gesicht aus seinem Büro, sichtlich genervt. Ich telefonierte mit einem Kunden.

„Anja, später zu mir ins Büro!", sagte er laut und ging wieder zu sich ins Büro.

Vera blickte mich mitleidig an und hob die Faust in die Luft, als Zeichen der Unterstützung, als ich die Bürotür Semjens öffnete.

„Krylova, warum rufen mich Kunden an und beschweren sich über die Arbeit der Dolmetscher?"

„Ich weiß es nicht", er bot nicht an, mich zu setzen, also setzte ich mich selbst auf den Stuhl, der neben seinem Tisch stand.

„Ich beauftragte jene Dolmetscher für das Projekt, die du mir empfohlen hast." Er stutzte.

„Du hättest während der Konferenz ihre Arbeit kontrollieren müssen."

„Ich spreche kein italienisch, wie hätte ich sie überprüfen sollen. Sie beide saßen in ihren Kabinen, kamen nicht raus, nach fünfzehn Minuten wurden sie ausgetauscht. Wie gewohnt."

„Warum sagt dann der Kunde, dass die Übersetzung nach der Kaffeepause schrecklich gewesen war?" Das Ende der Phrase schrie er fast.

„Woher hätte ich es wissen sollen, wenn du mich in Veras Symposium hast wechseln lassen. Du hast selbst angerufen oder erinnerst du nicht mehr? Du sagtest, dass bis zum Ende nur noch zwei Stunden verblieben, und dass sie auch selbst klar kommen können."

Ich erhob ebenfalls meine Stimme. „Du brauchst nicht alles auf mich zu schieben!"

Er wurde noch roter im Gesicht. Klopfte mit den Fingern auf den Tisch und dampfte, wie ein kochender Teekessel.

„Ihr...Ihr alle müsst Verantwortung für eure Projekt übernehmen."

„Das tun wir. Nur muss auch der Leiter, dem wir uns unterwerfen, der Subordination entsprechend, ebenso Verantwortung tragen. Ist es nicht so, Sjemen Aleksandrovič?"

„Was erlaubst du dir...wie redest du überhaupt mit mir?"

„So wie du es verdient hast", ich war in Rage. „Nicht nur, dass du von nichts eine Ahnung hast, du willst dich auch mit nichts auseinandersetzen, wenn Hilfe benötigt wird. Und vor allem bist du unfähig zu leiten, geschweige denn Menschen oder Ressourcen zu organisieren und lässt alles an uns hängen."

Semjen sprang auf. Schockiert von meiner Offenheit, wusste er nicht, was er sagen sollte. Er drehte den Kopf von der einen Seite auf die andere und suchte nach Worten.

„Ja, du….Ich werde dich…"

„Was wirst du mich?"

„Du dumme Lesbe. Glaubst du, ich weiß es nicht?"
Ich stand auf.

„Weißt du warum sich deine Frau nach dem Sex immer umdreht? Weil sogar sie versteht, was für ein Depp du bist. Wahrscheinlich bist du ihr genauso zuwider wie mir."

Ich machte die Tür so laut zu, dass sogar Vera im Sessel aufsprang.

Die Tränen liefen erst in der Toilette. Dort, ohne sich beherrschen zu wollen, heulte ich mit beiden Händen vor dem Gesicht laut los. Nach einer Minute kam Vera zu mir und umarmte mich.

„Was geschieht mit dir, Anja? Was ist los?"

Ich konnte nichts sagen, schluchzte nur.

Zuhause rollte ich mich ein und lag lange auf dem Sofa. Die eingereichte Kündigung ließ ich bei Vera übergeben. Morgen muss ich sie noch in all die Aufgaben und Einzelheiten einarbeiten. Hauptsache ich treffe diesen Mistkerl, Semjen, nicht. Ich ging davon aus, dass die Kollegen es ahnten und ich wusste auch, dass Semjem ein Homophob ist, aber ich ahnte nicht, dass er so weit gehen wird.

Genauso dachte ich nicht, dass Rita Maja bat, sich neben mich zu setzen und mich kennen zu lernen im „Bermudas". Das erfuhr ich erst während einem weiteren Streit. Maja schlug die Tür zu und ging, und ich wählte Ritkas Nummer. Sie gab es zu und rechtfertigte sich damit, dass ich niemals als erste auf Maja zu gegangen wäre, ich wäre auch weiterhin so allein dort sitzen geblieben, seufzend und nach ihr schmachtend. Ich parierte, dass man sich nicht in das Leben anderer einmischen sollte, und alles wäre anders gekommen. Ritka zog sich nicht zurück, sagte, dass sie helfen wollte. Ich sei wie ein Stachelschwein, das seine Stacheln ausfährt und glaubt, dass alle mir nur Schlechtes wollen. Wir haben uns noch lange all die Dinge vorgeworfen, die wir dachten, bis ich sie zum Teufel geschickt und das Telefon ausgeschaltet hatte.

Wir versöhnten uns erst nach einem Monat.

Ich wurde zu einem Dreipunkt. So als ob man mich unterbrochen hätte, und es keine Fortsetzung gab. Ohne Maja füllte ich mich mit Stille. Irgendwann im Gespräch erzählte sie, dass sie bis sie drei Jahre alt wurde, nicht gesprochen hat. Die Stille zuhause, die Stille der Eltern waren natürlich. Draußen wollte mit einem tauben Mädchen niemand spielen. Erst als die hörende Tante zu ihnen zu Besuch kam, bestand diese darauf, dass man Maja in einen Kindergarten schicken sollte. Maja begann bald zu sprechen, doch sie wollte trotzdem so schnell wie möglich nachhause, um in der Stille zu verweilen. So habe auch ich mich mit den geschlossenen Fenstern und dicht zugezogenen Vorhängen von jeglicher Einmischung von außen isoliert. Die Welt schrumpfte bis zum Umfang des Bettes zusammen. Diese warme Höhle distanzierte alles von mir, was an Bedeutung verloren hatte. Die Atrophie der Wünsche wurde an den Körper weitergegeben. Ich bin ein Knäuel...

Ich ging eine Woche nicht aus der Wohnung. Doch meine Mutter rief mich jeden Tag an und bestand mit Drohungen und Überredungen darauf, dass ich Silvester mit ihnen gemeinsam feiere.

In den letzten fünf Jahren, die ich eigenständig hier lebte, habe ich nie bei ihnen Silvester gefeiert.

Alles war heimisch. „Oliv'je", „Hering im Pelzmantel", „Buzhenina" aus Schweinehals, die Sergej zubereitet hatte, Brote mit Kaviar und Mutters bekanntes „Lecho aus Paprika und Tomaten". Ich half, den Tisch zu decken, man holte ein Service mit blauen Tellern und Omas Weingläser heraus. Die Mutter sprach die ganze Zeit am Tisch, erzählte über ihre Verwandten, darüber, wie ich in der Kindheit war, über die Nachbarin Valentina, die die Männer päckchenweise wechselt, über die neue russische Serie, in der alles so echt und realistisch ist. Sergej baute ab und zu ein paar Worte ein, lachte, blinzelte mir zu. Ich sah, wie sie sich bemühen, mich zu unterstützen.

Um zwölf Uhr stießen wir an, ich habe es nicht einmal geschafft, mir etwas zu wünschen. Normalerweise hatte ich eine Liste mit Wünschen, ich versuchte immer, diese so schnell es geht in meinen Gedanken durch zu gehen, solange noch das Glockenspiel im Fernseher spielte. Doch dieses Jahr - nichts.

Nach ein paar Minuten explodierte das Feuerwerk. Ich ging ins Zimmer, dort konnte man es besser sehen. Ich stand am Fenster und blickte auf die sich windenden Böller, mit bunten Lichtern, und auf meinen Wangen kullerten Tränen. Ich hielt sie nicht zurück.

„Schön, nicht?" meine Mutter näherte sich mir.

„Ja."

Sie umarmte mich und drückte sich an mich.

„Alles wird gut, Tochter. Alles wird vergehen. Der schwarze Lebensstreifen ist schon vorbei, im Neuen Jahr wird alles anders." Sie küsste mich auf die Wange.

„Ich liebe dich, Mam!"

„Ich dich auch, meine Gute. Ich liebe dich sehr!"

So standen wir lange da. Und im Himmel tauchten neue Raketen auf, explodierten in der Höhe mit leuchtenden Funken. Die Menschen schrien, klatschten, beglückwünschten einander.

Ein neues Jahr begann - ohne Wünsche.

Siebtes Zeichen

Das Samsara-Rad machte eine Umdrehung. Der Kreislauf war vollendet. Das Universum oder das Schicksal gibt mir die Möglichkeit, mit meinen alten Gefühlen, Emotionen und Beziehungen ab zu schließen. Zu befreien und das Weiterleben zu erlauben, ohne die Last des Nachtragens und der Verärgerung zu spüren. Das Wichtigste ist es, anzunehmen und loszulassen.

Ich hoffe, ich kann es.

Maja schaute auf mich, und ich auf sie. Wir schwiegen. Denis ging weg um zu telefonieren. Zum ersten Mal in meinem Leben fühlte ich ein Unbehagen im Schweigen. Ich vermisste die Augen, das Lächeln, das Zucken der Schultern wenn sie sich unbequem fühlte. Die Falten in den Ecken der Augen wurden noch sichtbarer. Das innere Zittern verging und ich fühlte nichts, wie ein außen stehender Beobachter, der nur hin sah, mit der Vergangenheit verglich, ohne zu bereuen.

Maja hielt es als erste nicht aus.

„Du hast einen ulkigen Freund."

„Ja, so ist er."

Eine Horde Studenten betrat den Ausstellungsraum. Ihre Leiterin, eine hohe Frau im Hosenanzug mit einem bordeauxfarbenen Lippenstift, bat sie sich ruhiger zu verhalten. Die Studenten verstummten, doch nach ein paar Sekunden war der betäubende Lärm wieder da. Die Kursleiterin bat sie wieder, leise zu sein und es wiederholte sich alles. Maja und ich beobachteten sie. Doch bald näherte sich der Gruppe die Ausstellungsführerin und führte sie in das weite Ende des Raumes.

„Und ich bin froh, dich zu treffen, wirklich", Maja wurde ernst.

„Ich bin auch froh, dich zu sehen."

„Anja, du", sie nahm mich an der Hand. „Verzeih mir…es ist alles so dumm gelaufen…ich wollte dich anrufen…"

Ich spürte die Wärme ihrer Hand. Im Inneren drückte sich alles zusammen.

„Ich dachte, unsere Wege werden sich irgendwann kreuzen und wir werden sprechen", fuhr Maja fort. „Ich habe einige Male Rita getroffen, aber sie hat mich noch nicht einmal gegrüßt. Verstehst du, mir fällt es wahrscheinlich einfacher mit Tauben…Anja, ich wollte es dir erklären…sogar…"

Denis kehrte zurück. Maja ließ meine Hand los.

„Habt ihr mich vermisst? Meine Damen, ich habe dort ein faszinierendes Bild von Korovin gesehen. Vielleicht schauen wir uns das mal an?"

„Ja, klar.", antwortete ich schnell.

Und dann schritt ich zu Denis, der in die Richtung zeigte, wo sich das Bild befand. Maja zögerte.

„Maja, ich bitte dich!", Denis bemerkte ihre Verlegenheit, nahm den Ellenbogen weg und bat ihr an, ihn unter den Arm zu halten. „Das sind nur ein paar Meter. Ich werde euch begleiten."

In diesem Moment näherte sich uns eine junge Frau und berührte Maja, die ihr den Rücken zugewandt hatte, an der Schulter.

Maja drehte sich um und umarmte die Frau.

„Das ist Lisa!", Maja sprach und gestikulierte gleichzeitig.

Lisa begrüßte uns mit der Hand.

Dann stellte Maja uns ihr vor. Wir begrüßten uns. Lisa zeigte irgendetwas mit Gesten.

„Lisa sagt, dass sie froh ist, euch kennen zu lernen", übersetzte Maja.

„Für uns ist es ebenfalls angenehm!" antwortete Denis für zwei.

Ich nickte. Eine Pause entstand.

„Nun denn, bewegen wir uns zu Korovin", Denis machte mit dem Kopf ein Zeichen.

„Nein…wahrscheinlich", Maja blickte auf die Freundin. „Lisa ist jetzt erst gekommen, wir beginnen von vorne."

„Nun denn, gut! Nochmal, es war schön, euch kennen gelernt zu haben! Maja, Lisa!" Denis verneigte sich.

Ich atmete tief ein.

„Ich war froh, dich wiederzusehen, Maja. Lisa, alles Gute. Aufwiedersehen!"

Maja übersetzte alles in die Sprache der Gesten.

Lisa winkte uns wieder zu.

„Ja, hat mich auch gefreut. Aufwiedersehen!", rief Maja. Sie wollte noch etwas sagen, doch überlegte sie es sich anders und lächelte nur.

Denis und ich musterten das Bildnis Korovins „Kapuzinerkresse".

„Klasse, oder? Wie viel Luft, Farbe!", sagte Denis begeistert.

„Und wie viel Sonne! Alles ist wie erleuchtet durch die Sonne…"

Er hörte nicht auf zu reden – der Einfluss seiner Mutter, die Kunsthistorikerin war, zeigte sich. Und ich dachte an etwas ganz anderes.

An jenem Tag gab es auch viel Sonnenschein. Das Licht wurde vom Schnee, der gerade erst gefallen war, reflektiert und blendete die Augen. Es war frostig und frisch. Maja und ich waren fast den ganzen Tag spazieren und gingen nachhause um uns umzuziehen. Wir wollten den Samstag Abend im Theater ausklingen lassen. Ich habe einige Male vorgeschlagen, zusammen zu ziehen. Maja brachte einen Teil ihrer Sachen zu mir, doch endgültig zog sie nicht bei mir ein.

Wir aßen ein paar Brote und tranken Kaffee. Nach der Dusche lief ich durch das Zimmer in Unterwäsche und konnte nicht entscheiden, was ich anziehen sollte. Maja sprach am Telefon. Auf meine Fragen: „Wird sie duschen? Was zieht sie an? Wann sollen wir das Taxi rufen?" schwieg sie.

Ihre Apathie begann mich zu reizen. Ich bemerkte, dass wenn wir uns alleine irgendwo aufhielten, sie sich verschloss. In der Gesellschaft von Menschen war sie lebensfroh, redselig, aktiv, manchmal sogar aggressiv. Doch wenn niemand in der Nähe war, veränderte sich ihr Gemüt. Sie sprach kaum, dachte über etwas nach, antwortete, als ob es sie Kraft kosten würde.

„Maja, bist du bereit? Wir müssen bald los." Ich stand angezogen neben dem Schrank, vor dem Spiegel und tuschte mir die Wimpern.

„Vielleicht gehen wir doch nicht?"

„Wie, wir gehen nicht? Wie hatten doch alles daran gesetzt, Tickets zu bekommen für das Theaterstück."

„Ich will nicht."

Ich hörte auf mich zu schminken und drehte mich zu ihr.

„Na super! Wozu stehe ich hier und schminke mich? Was geschieht hier überhaupt? Du bist den ganzen Tag nicht in der Stimmung. Du sagtest, dass unsere Wochenenden langweilig sind."

„Sei still."

„Was?", ich ließ vor Empörung die Wimperntusche fallen.

Maja machte irgendeine Geste mit ihren Armen.

„Was bedeutet das?"

„Dass du mich nervst!"

„Maja, was zum Teufel…?"

„Gar nichts. Du schleppst mich…ich kann nicht…ich will nicht…"

„Was willst du nicht?"

Sie blickte mich an, in ihren Augen standen die Tränen. Dann drehte sie sich um und verließ das Zimmer. Ich verstand nichts.

„Bleib stehen. Es reicht. Sprich mit mir!"

Ich ging ihr hinterher. Sie stand in der Küche am Fenster.

„Du…mir geht es nicht gut…", Maja atmete auf, schwieg eine Sekunde und als sie ausatmete, sagte sie: „Mit dir…"

„Wie mit mir? Was bedeutet das?"

Ich spürte den Schweiß auf meiner Stirn. In dem Bereich der Brust drückte es und das Gefühl einer herannahenden Panik blieb im Hals stecken.

Maja blickte mich an, auf den Wangen rannten die Tränen.

„Wir…wie müssen uns trennen…"

Ich zitterte.

„Maja, was geschieht hier? Was ist das für ein Theater? Was zum Teufel?", ich schrie.

„Schrei nicht!", Maja wischte sich die Tränen mit der Handfläche ab. „Du redest immer…Es ist zu viel…von dir."

„Ich spreche?" flüsterte ich, ohne zu verstehen.

„So viele Worte…", Maja schluchzte. „Ich kann so nicht…es gibt keine Stille…Entschuldige…ich dachte, wir können…. Dachte ich kann…"

Ohne zu wissen, was ich sagen sollte, ging ich zu Maja und umarmte sie. Sie drückte sich an mich und weinte.

„Was ist los, meine Liebe? Maja, Sonnenschein, alles ist gut. Wir sprechen und lösen alles."

Sie distanzierte sich, schaute mir in die Augen. Ihr Kuss, zuerst so zärtlich, dann leidenschaftlich, riss so unerwartet ab, dass ich schaukelte, und fast hingefallen wäre.

„Ich kann nicht", flüsterte Maja in mein Ohr und lief aus der Küche heraus.

Ich hörte, wie sie sich im Flur fertig machte, wie der Schlüssel erklang, doch mein Zittern gab mir nicht die Möglichkeit mich von meinem Platz zu bewegen.

Erst als die Wohnungstür aufging, konnte ich mich umdrehen und rufen.

„Nein Maja, geh nicht!"

Die Tür fiel ins Schloss.

Dann folgten abgelehnte Anrufe, Nachrichten ohne Antwort. Unsere gemeinsamen Freunde sagten uns, sie sei weggefahren. Und nach zwei Wochen, als ich am Abend nachhause kam, bemerkte ich, dass Maja all ihre Sachen abgeholt hatte.

Irgendwann sagte Sergej zu mir, bei dem mir niemals zuvor eine besondere Neigung zur Philosophie aufgefallen ist: „Der Schmerz lehrt uns zu lieben." Ich konnte diese Phrase lange nicht verstehen, geschweige akzeptieren. Der Schmerz lehrt nur den Schmerz. Du lebst mit ihm, durchlebst ihn, findest dich mit ihm ab, versuchst ihn zu betäuben. Was hat Liebe damit zu tun? Doch langsam, wenn der Schmerz nachlässt, beginnst du zu verstehen, dass egal wie unerträglich es ist, du weiter lieben wirst. Du fährst damit fort, ein Ebenbild im Gedächtnis zu bewahren, sprichst mit ihm, vermisst ihn. Können wir wirklich denjenigen gehen lassen, den wir geliebt haben? Vielleicht ist es gerade der Schmerz, der in uns das Verständnis von Liebe konzeptualisiert? Und wir fahren fort damit zu leben, mit diesem durchlebten Gefühl. Und bereits wissend, lassen wir uns auf neue Beziehungen ein, und hoffen, dass es diesmal anders wird.

Am nächsten Tag, nach der Ausstellung, fuhr ich zu meiner Mutter. Sie und Sergej kehrten gerade aus Italien zurück und mich erwartete ein Tuchfest. Eine Jacke, zwei Jeanshosen, hohe Schuhe, vier Shirts und zwei Pullover, die auf dem Bett lagen. Ich probierte mit Vergnügen die neuen Sachen an und war meiner zufriedenen Mutter sehr dankbar. Sergej machte die Flasche „Taurazi" auf. Ich mag keine trockenen Weine, doch probierte davon, feierte ihre Rückkehr und den guten Urlaub. Nach dem gemeinsam verbrachten Silvester näherten Sergej und ich uns einander an. Er vermittelte mir einen Job in einer Firma seines Freundes, half mir mit der Renovierung der Küche und ich erfuhr, welch interessanter und tiefgründiger Mensch er ist.

Beim Gespräch über Verona und das Schauen der Fotografien, rief Denis an. Entschuldigte sich, bat mich, uns zu treffen.

Nach zwei, Stunden brachte ich die Geschenke nachhause und fuhr mit dem selben Taxi zur Anlage neben dem Opern- und Balletttheater.

„Hallo Teure!" Denis küsste mich auf die Wange. „Mir wurde also verziehen, da du da bist?"

„Hallo! Womöglich. Warum hier?"

„Warum nicht? Ein super Ort und die Fontänen funktionieren noch."

„Ja, die Fontänen", ich erinnere mich an die lächelnde Maja und ihre Hand in meiner Hand.

„Anja, entschuldige mich, ich habe meine Nase hinein ge- steckt, wo man sie nicht hinein stecken sollte. Höfliche, jüdi- sche Jungs verhalten sich nicht so, doch du hast leider Pech mit mir, ich bin schlecht erzogen. Verzeih, wirklich!"

„Ach was, Dinja, alles gut."

Denis wusste nicht, dass er mich aus meiner Depression her- aus zog, als er auftauchte - nach der Trennung mit Maja. Und ich bin ihm dankbar dafür.

„Nun wenn alles so wundervoll sich ergeben hat, möchte ich dir Lasagne anbieten."

„Kann ich nicht ausstehen."

„Nun gut, dann knabberst du halt eben an einer Pizza. Und, überredet, ich bestelle uns beiden Cappuccino."

„Oh, welch' eine Großzügigkeit?"

Er atmete auf, neigte verträumt den Kopf zurück und sprach: „Sie Madame, gefallen mir sehr."

Wir lachten.

Im Café, während unsere Bestellung vorbereitet wurde, blickte ich auf eine Elster, die draußen umher sprang, erinnerte mich an jenen Sommermorgen, als wir nicht aus dem Bett aufste- hen wollten. Wir teilten uns eine Decke. Ich rollte mich in diese ein, wie eine Puppe, entblößte dabei Maja und sie versuchte mich wieder heraus zu rollen und ihre eigene Hälfte wieder zu erlagen. Es folgten Kniffe, Kitzeln, Bisse in den Hals. Ich wehr- te mich wie ich konnte, doch als die Bisse zu Küssen wurden, spreizte ich die Flügel der Decke und ließ sie zu mir…

Es war etwas nach elf. Ich blickte auf Maja. Sie lag auf dem Bauch mit geschlossenen Augen, lächelte jedes Mal wenn meine Finger ihren Rücken berührten.

„Warum bist du mit mir zusammen?"

Maja öffnete die Augen.

„Du machst leckere Butterbrote."

„Hör auf, ich meine es ernst. Warum?"

„Wegen der Augen."

„Der Augen?", ich verstand nicht.

„Du schielst. Das finde ich gut!", sie lachte.

„Was? Hör auf dich lustig zu machen."

„Wirklich wegen der Augen", sie drehte sich auf den Rücken, setzte sich, indem sie ihre Beine an die Brust drückte."

„Eher weil ich es mag, wie du mich anschaust."

„Wie schaue ich`?", ich setzte mich auch.

„Wie kein anderer mich angeschaut hat. Ich kann es nicht erklären….Mit Lust…Ich kann es nicht erklären. Doch ich spüre es. Ich spüre es immer, wenn du mich anblickst.

„Ich vergöttere dich wirklich…", bei dem letzten Wort zitterte die Stimme.

„Komm zu mir."

Zum ersten Mal war ihr Kuss weder fordernd, noch erzwingend. Diesmal fühlte ich Zärtlichkeit und Fürsorge…

Maja schlief.

Ich schnitt Gurken in der Küche, um diese den Tomaten beizufügen, dem süßen Paprika und dem Frischkäse. Eine große, saftige Olive rollte im Mund, bis ich diese zerbiss und den Olivengeschmack genoss. Zwei Elstern auf der Birke trällerten, von einem Ast zum anderen fliegend. Ich hielt es nicht aus, schaute aus dem Fenster und rief laut. Die erschrockenen Vögel flogen mit unzufriedenen Schreien in verschiedene Richtungen. Der Salat war fertig. Ich tat Olivenöl dazu und ging schauen, ob Maja schon wach war. Sie streckte sich in der Diagonale auf dem Sofa, kaum zugedeckt mit der Decke und schlief noch.

Und ich wusste vom ersten Blick an, damals in der Bibliothek, dass ich mit ihr zusammen sein wollte.

Dieser Wunsch, unbewusst, fast instinktiv, kam sofort auf. Als ich die schlafende Maja anblickte, verstand ich, dass man Gefühle nicht erfragen kann, berechnen, erahnen. Und ich werde nie die Frage beantworten: „Warum?"

Die Stadt lebte. Die abendliche Stadt, voller Lichter und Geräusche zog mich in ihren Bann.

Wir genossen den Spaziergang nach dem Abendessen. Denis erörterte die Ungerechtigkeit des Zeitflusses. Die fröhlichen Momente im Leben vergehen blitzschnell, und alles Schlechte zieht sich ewig lang. Es wäre eine Verschwörung des Universums, den Menschen leiden zu lassen, so meinte er.

Und ich dachte daran, dass in den acht Monaten, die Maja und ich zusammen waren, so viel passiert ist, so viel Verschiedenes. Und das Glück zog sich wochenlang und die Flammen der Streitigkeiten dauerten nur kurz an. Und das Gedächtnis begann die kränklichen Momente auszuradieren. Die Zeit ist neutral. Wir versuchen jede Sekunde in dieser zu leben. Und wir wollen Liebe einfach hinausziehen, vielleicht aber auch die innere Stille fühlen.

Der Tod und die Engel

Das Mäuschen

Ein kleines, graues Mäuschen lief an einem umgeworfenen Stuhl vorbei und blieb in der Mitte des Zimmers stehen. Es stellte sich auf die Hinterpfoten, um sich das Schnäuzchen mit den Vorderen putzen zu können. Die alte, zerrissene Socke, die schon seit einer Woche in der Ecke lag, erschien ihr heute gar nicht mehr so schrecklich. Sie beschloss sich etwas zu nähern. Es begann nach Fell zu riechen, dann nach etwas solch Scharfem, was die Graue dazu zwang, wieder etwas weiter zurück zu huschen. Sie wäre beinahe mit dem Kristallglas zusammengestoßen, das neben dem Tischbein eines dekorativen Zeitungstisches lag.

Die Graue kannte durchaus die Anordnung aller Gegenstände in dem Zimmer, doch da sie einen solch ekligen Geruch nicht erwartet hatte, konnte sie sich nicht sofort orientieren. Und nun saß sie wie erstarrt neben dem Glas und dachte nach, ob sie in den gläsernen Gegenstand kriechen sollte oder weiter zu den bunten Knäueln laufen sollte, um einen bunten Faden in ihr Mauseloch mit zu nehmen. Aber da sie dachte, dass sie dies auch zu jeder anderen Zeit machen könne, lief sie zu einem Blatt Papier, das unweit von den Knäueln lag.

Das Blatt raschelte unter ihren Pfoten und das gefiel der Maus. Ihr schien, sie sei so groß geworden, dass sogar die Erde unter ihren Pfoten erzitterte. Auf dem Blatt war etwas geschrieben, doch das interessierte die Maus nicht, denn sie konnte nicht lesen, und außerdem machte es ihr ein großes Vergnügen, auf dem Blatt herum zu laufen.

Nachdem sie noch etwas mit dem Papier geraschelt hatte, bemerkte sie etwas, was gestern noch nicht in diesem ruhigen und vertrauten Zimmer war, und blieb stehen. Ein kleiner, glänzender Stein lag neben dem vertrauten, roten Hausschuh. Die Kleine lief interessiert zu ihm. Der Brillant war sehr klein, doch beleuchtet von den ersten Sonnenstrahlen, glänzte und schimmerte er so, dass die Kleine für einige Sekunden erstarrte und das Lichtspiel genoss. Sie beschloss, den Stein mit zu nehmen. Doch woher kam er? Die Graue erinnerte sich ausgezeichnet, dass als sie gestern im Zimmer war, der Stein noch nicht da war. Und dann, ohne zu wissen weshalb, schaute die Kleine nach oben, was ihr zuvor auch nie in den Sinn kam, zu tun.

Ein zweiter, genau solcher Hausschuh hing in der Luft. Da war noch etwas Großes, doch sie konnte nicht erkennen, was genau. Sie dachte, dass wenn von oben ein glitzerndes Steinchen fallen konnte, auch der zweite Hausschuh irgendwann herunterfallen wird, und sollte sie sich unter diesem befinden, würde er sie töten. Das Mäuschen nahm den Brillant in die Zähne, lief schnell zu ihrem Mauseloch und beschloss nie wieder, in dieses schreckliche Zimmer zurück zu kehren.

ER

Er nahm aus der Kiste, die neben ihm stand, kleine Figuren aus Holz heraus und stellte diese auf einem großen Zinntisch auf. Neben dem Tisch befand sich ein großer, schwarzer, drei Meter großer Ofen mit einem Rohr, das irgendwohin nach oben führte. In jene unsichtbare Dunkelheit, die den ganzen Raum bedeckte, bis auf den Tisch mit den Figuren und den Ofen selbst.

„Denkst du, ich bin ganz seelenlos und böse?", er machte die Tür des Ofens auf, die gerade so bis zum Rand des Tisches reichte. Und dann, indem er alle hölzernen Figuren mit einer Armbewegung zusammen schmiss, warf er diese unerwartet ins Feuer.

Die Flamme war derart stark, dass sie, als sie die Neuankömmlinge verschluckte, den Zuwachs noch nicht mal bemerkte.

„Ein Zug, der vom Gleis abgekommen war, nahm das Leben von fünfzehn Menschen..."

„Glaubst du, das Leben ist ein wertloses Geschenk? Ein einzigartiges Geschenk und bla-bla-bla und so weiter und so fort? Unsinn!", ohne sich zu beeilen, stellte er seine Trophäen auf.

„Das Leben ist ein Drangsal, das der Mensch durchlebt. Eben mit sich selbst wetteifert er um die Überlebensmöglichkeiten dieser Katastrophe. Etwas wirr, doch wahr."

„Schaue auf diesen Schönling." Er nahm eine Holzfigur und begann sie in seinen Händen zu drehen."

„Als er fünf war, starb seine Mutter. Er blieb bei seinem Vater, der ihn so sehr schlug, dass er mit zehn Jahren, keine heile Stelle mehr am Körper hatte. Mit zwölf kam er in ein Kinderheim. Der Vater verlor das elterlichen Sorgerecht. Er begann in einer Fabrik zu arbeiten. Und als er dort mal besoffen antanzte, hackte er sich die halbe Hand ab."

„Welch ein einzigartiges Geschenk ist es denn dann?" Er schaute auf die Figur und schmiss sie in den Ofen.

„Nach vorläufiger Auffassung geht es um einen unachtsamer Umgang mit dem Feuer. Ein Mensch starb..."

„Du fragst, wie es um die Liebe steht? Und ich antworte. Ein Augenblick, für den du mit Allem bezahlst. Mit dem, was war, was ist und was sein wird. Nein, ist es denn gerecht?"

„Schaue sie dir an", jetzt nahm er die kleinen Skulpturen paarweise in die Hand.

„Diese sind von zu hause weggelaufen. Dachten, die Welt liegt ihnen zu Füßen."

In den Ofen.

„Man fand die Leichen zweier junger Menschen europäischer Nationalität. Der Mann von zwanzig, zweiundzwanzig Jahren, die Frau..."

„Die hier, in einem Abstand von zwanzig Jahren, dachten, dass sie die Zeit angehalten haben."

Auch dahin.

„Zwei unbekannte Körper fand man im Auto..."

„Zwei ungelebte Leben..." Sie wartete zwölf Jahre lang auf ihn. Als er sich endlich von seiner ersten Frau trennte und zu ihr kam, welch ein Wunder! Doch es gab kein Wunder. Er erwürgte sie", die erste Figur fiel in den Ofen.

„Und wozu hat sie sich diese zwölf Jahre gequält? Wozu? Um in der Umarmung des Liebsten zu sterben? Abrechnung?!", und die zweite Figur flog hinterher.

„In einer Isolationszelle fand man einen Erhängten..."

„Und dann sagst du noch – Schicksal. Je nach dem, welche

Karte fällt. Und wenn du dein ganzes Leben lang immer die falsche Karte ziehst? Der Faden zieht sich, und hop, er reißt..."
Das ganze Volk fällt in den Ofen.
„Die Boeing fiel auf die Landebahn. Es starben zweihundert zweiundachtzig Menschen..."

„Nein, ich bin weder böse noch seelenlos. Ich weiß einfach, was besser ist."
„Ich befreie die Welt von solchen Unglücken: von Irren mit Atomknöpfen, von Wahnsinnigen, von „ambitionierten" Wissenschaftlern, irren Politikern, Mördern, Dieben, Lügnern..."
„Unschuldig? Von welchen unschuldigen Opfern sprichst du? Jeder hat irgend ein Unglück. Und der Tod, der Tod ist die einfachste Bestrafung. Fragt sich, auf welche Art und Weise?... Ach, jede beliebige. Das ist doch die Befreiung von allem, was du angestellt hat oder was du noch anstellen könntest. Der im Mutterleib Gestorbene ist ein Heiliger."
„Erzähle mir nicht vom Leben. Es ist fruchtlos. Ich mache es wertvoll. Weil ich es ihnen weg nehme. Und erst danach kommt das Gedenken, der Ruhm, die Verherrlichung...Ich gebäre die Ewigkeit." Und wider war der Tisch voll gestellt mit....
„Bei der Explosion eines Hauses..."

Morgen

„Wozu brauchst du sie?"
„Für die Seele."
„Welche Seele, wenn du sie nicht loslässt?"
„Das ist nicht wichtig."
„Nicht wichtig, dass du sie loslässt oder nicht wichtig, weil es für die Seele ist?"
„Hör mal, lass mich."
„Das ist immer so bei dir. Kaum fangen wir an über etwas zu reden, da wirst du..."
Viktor legte sich bequemer auf das Sofa und schaute auf die Decke.

„Zum Teufel mit dir." Sergej stand auf und ging auf den Balkon. Die kurze Stille wurde vom Telefonklingeln unterbrochen. Viktor, nahm den Hörer ab, ohne
seine Position zu verändern.

„Ja."

„..."

„Nein."

„..."

„Zwei oder drei?"

„..."

„Oder?"

„..."

„Gut, Küsschen."

„Hey Serjoža. Deine Schwester hat angerufen. Sie bat dich, Apfelsinen zu kaufen. Zwei oder   drei Kilogramm."

„Kann das nicht ihr bedepperter Ehemann machen?"

„Mit dieser Frage - nicht zu mir."

Viktor begann wieder auf die Decke zu starren. Er versuchte nicht zu blinzeln und schaute   auf ein kleines Spinnweben, das hin und her schaukelte. Nach ein paar Minuten begannen die Augen zu tränen und zu schmerzen - das war das erste Zeichen, dass er aufgab. Er   wandte den Blick auf den Fernseher, auf das alte Regal der Mutter, den Besen, den Stuhl.   Und so, seiner Blickrichtung folgend, richtete er auch seinen Oberkörper in eine vertikale   L a g e auf. Und dann, auf dem Sofa sitzend und jetzt auf den Boden schauend, schrie er   plötzlich: „Stehe auf, du Mistsack."

Vom Balkon aus hallte es: „Fängt das schon wieder an..."

Viktor begann wehmütig: „Die Liebe hat Flügel wie ein Vöglein...", er stand langsam von   seinem Sofa auf. Er unterdrückte einen Anfall von Übelkeit und das Bewusstwerden der   eigenen Nichtigkeit, ging ins Badezimmer und schleifte sein linkes Bein hinterher.

Vor zwei Jahren, nachdem er sich auf auf Maškas Geburtstag etwas lustiger gestimmt   hatte, wollte Viktor mit seinem neuen Volkswagen wieder nach hause zurück. Er versprach ihr am nächsten Tag einen Korb voller Erdbeeren zu bringen. Das Morgen zog sich darauf drei Monate hin.

Er hatte einen schweren Bruch des linken Beines, eine Gehirnerschütterung und Wunden im Gesicht. Sie kam nicht. Kein einziges Mal seit den letzten einundneunzig Tagen. Sie trafen sich mal zufällig im Supermarkt. Sie machte den Anschein, als ob sie ihn nicht erkannt habe.

„Genau solch eine Schlampe wie alle."

Viktor blickte in dem befleckten und verwischten Badezimmerspiegel auf sein Spiegelbild. Er hatte sich lange nicht mehr rasiert, fettige Haare und angeschwollene Augenlider, er fing sich bei dem Gedanken, dass er dem Alkoholiker-Nachbar ähnlich sieht, der bereits am Morgen in den Kiosk läuft, um Nachschub zu holen.

„Wie verwahrlost", kam es aus ihm heraus.

Er begann sich zu waschen, als er plötzlich die Stimme Sergejs hinter seinem Rücken hörte.

„Vitja."

„Was noch?"

„Du hast Besuch."

„Von wem?"

„Mhh...Mhh..."

„Was muhst du wie ein Fabrikant? Und?"

„Ma-ša."

„Welche...Maša?" Viktor drehte sich um, sah die runden Augen Sergejs und verstand - die Eine.

Für einige Sekunden war Viktor wie erstarrt, doch das Herz begann immer schneller wie eine Trommel zu schlagen, sodass er einige Male seinen Atem fangen musste.

Er atmete tiefer ein und begab sich selbstsicher in das Wohnzimmer.

Maša saß im Sessel, ihre Hände lagen auf den Knien, wie bei einem schuldbewussten Kind.

„Hallo", sagte Viktor leise.

„Guten Tag, Vitja."

„Warum bist du gekommen?"

„Du hast mir Erdbeeren versprochen und brachtest sie mir nicht." Sie zeigte mit dem Blick   auf den Korb mit den großen Beeren.

„Erdbeeren?", fragte Viktor verwirrt.

„Nun ja", antwortete Maša etwas verlegen. „Ich hatte doch gestern Geburtstag."

Viktor schaute sie an und verstand nicht, was geschah. „Ist sie etwa krank oder tut sie nur   so?"

„Du hast es mir versprochen und hast dein Versprechen nicht gehalten", fuhr Maša fort. „Deswegen beschloss ich selbst..."

„Ja ich bin etwas spät. Ungefähr zwei Jahre."

„Nein, ich bin zu spät", sagte sie und begann zu weinen. Dann beherrschte sie sich wieder,   lächelte und schlug vor: „Möchtest du Erdbeeren?"

„Bist du verrückt?" Viktor begann es von dem Geschehen zu schütteln.

„Ich habe dich geliebt", sagte Maša kaum hörbar und stieß den Korb mit den Erdbeeren   um,   als sie das Zimmer verließ. Nach ungefähr zwei weiteren Sekunden schlug die Eingangstür zu.

Der Zombie-Viktor begab sich wieder ins Badezimmer. Rasierte sich. Wusch sich den Kopf.   Putzte sich die Zähne.

Wie neugeboren, wischte er den beschlagenen Spiegel ab, blickte auf sein Spiegelbild und   blinzelte sich zu. Als er das Badezimmer verließ, stieß er mit einem keuchenden und aufgewühltem Sergej zusammen.

„Ich war bei den Nachbarn um Salz zu holen", er wurde leise und blickte fragend auf Viktor.

„Und wo ist das Salz?"

„Die waren nicht zu hause. Und wo..?" Sergej drehte sich um und begab sich ins   Wohnzimmer. Viktor folgte ihm. Auf dem Boden lag der umgeworfene Korb und   W i e s e n - duft erfüllte das Zimmer.

„Wo ist dein Gast?", fragte Sergej.

„Weg gegangen", antwortete Viktor standhaft.

„Einfach so?"

„Einfach so."

„Habt ihr nicht einmal..."

Viktor ließ Sergej nicht aussprechen.

„Lass mich", sagte er ungerührt.

„Wie immer", und der enttäuschte Sergej begann die Erdbeeren in den Korb einzusammeln.

Viktor blickte den Freund an, lächelte, knackte mit den Fingern und ging ins Schlafzimmer.

Auf dem alten Holzbetten, zwischen den Kissen, lag das, was er brauchte.

„Nun, Schönheit, heute wirst du Maša sein", er ließ sich mit Schwung auf das Bett fallen.

Irgendwann hörte Sergej die Geräusche des quietschenden Bettes. Und dann, mit Trauer,   oder eher mit philosophischer Nachdenklichkeit, merkte er an: „Wer hat sich die Sexshops   ausgedacht?", und biss ein Stückchen einer weiteren großen Beere ab.

Da die Engel weiß sind...

Wir sterben nicht. Wir lösen uns im Lebendigen auf. Warum ist es so schwer für Sie, das zu verstehen? Der Himmel ist notwendig für eine schöne Legende über das himmlische Königreich und die Vergebung, doch der Wind bringt Klänge, Gerüche, Gefühle...Warum glauben Sie nicht daran, sondern an die Legende?

Das herbstliche Laub flüsterte, seine Farben erfreuten mich. Kann ein solches Feuerwerk an Farben etwa Verwelken darstellen? Wohl eher die Lebensbestätigung – der Regenbogen vor dem weißen Blatt des Winters. Es ist feucht, doch noch nicht kalt, noch nicht traurig.

Es war ein banales Ereignis. Es gab keine Angst. Denn alle haben ja Angst vor der Angst, und nicht vor jener Alten mit dem Zopf. Der Augenblick kann manchmal ewig dauern. Wie ein

Kaugummi, den du in die Länge ziehst, und je dünner er wird, desto länger wird er, doch ohne zu reißen.

Es wurde einfacher zu Existieren. So als ob der Begrenzer kaputt gegangen sei. Raum, Zeit und alles innerhalb und außerhalb. So ungewohnt, keine Beherrschung über den Körper zu haben, doch über alles Herr zu sein. Der Anker wird nicht gezogen, die Himmel weinen nicht. Alles ist heller, bunter, saftiger. Ich fühle mich, nein ich fühle mich nicht. Ich bin wie ein Vampir, denn in den Filmen, nachdem sie sich verwandelt haben, bekommen sie einzigartige Fähigkeiten – hören, sehen, bis in weite Welten, lesen Gedanken, empfinden alles schärfer... Und dann kann ich dort sein, wo ich sein will. Ich möchte in das Café, in jenes im Park, neben dem Teich.

Ja, hier hat man schon die Tische und Stühle unter die Markise gestellt. Regen. Und das Wasser wurde grauer. An jenem Tag war es grün-blau. Wir saßen uns gegenüber und bemühten uns nicht zu lächeln, um nicht halbklug auszusehen. Doch wir konnten uns nicht zurückhalten. Das Glück sieht wahrscheinlich nicht normal aus. Und nun, eine einsame Ente bewegt sich mit ihren Flossen auf dem grauen Wasser und ich lächele, ohne das Gesicht oder die Lippen zu spüren.

Aus der Datei des „Rettungsdienstes":

„Die Leiche einer jungen Frau liegt auf dem Bett, auf dem Rücken, ohne die Anzeichen eines gewaltsamen Todes. Bewusstsein, Atem, Herzklopfen fehlen. Die Pupillen sind maximal geweitet – ein Symptom des „Katzenauges". Hornhautreflexe fehlen.

Die Integumente sind blass (zyanotisch, marmorn), trocken. Eine krankhafte Erschöpfung.

Teile von Hypostasen an einigen Körperstellen. Die Totenstarre erfasste bereits die Kaumuskulatur.

Anamnese morbi: die Patientin war vorstellig bei dem Hämatologen-Onkologen mit der Diagnose „chronische myelonische Leukämie", seit dem Jahr 2003. Sie bekam 7 mal Chemotherapie. Die Remission begann in der Periode vom Ende des Jahres 2006 bis zur Mitte des Jahres 2007. Die Knochenmarkspende wurde im Jahr 2007 durchgeführt, doch es gab keine Besserung. Außerdem führte man 3 Hämotransfusionen durch. Vor zwei Monaten begann die Verschlechterung des Zustandes, Blutungen des Magen-Darm-Traktes, die Patientin wurde in die Klinik aufgenommen. Sie bekam hormonelle, zytostatische und immunodepressive Therapie. In den letzten zwei Wochen verschrieb man Morphium und Promedol, 2-3 Mal täglich.

Es ist ruhig. Die Erinnerungen verbrennen mich nicht. Sie stellen sich auf wie Denkmäler ohne Schleifen und Gefühle. Genau das wollte ich. Einfacher.

Ich drehe mich wie die Derwische unter dem Regen. Er fällt durch mich hindurch, ich spüre jeden Tropfen und teile ihn mit allem, was im Umkreis ist. Ein wahrer Regenmensch besteht aus Regen. Wie schön. Ich drehe mich.

Aus einem Brief an den Bruder:

„Das Krankenhaus nervt. Ich werde diesen Chlorgeruch selbst dann spüren wenn ich tot bin. Doch Veronika sitzt und lächelt. Hatte erst kürzlich die Chemotherapie, doch lächelt sie. Ich kann es nicht begreifen, entweder hat sich ihr Gehirn in Brei verwandelt oder sie pfeift auf alles? Gleich kommt die Clique aus den Nachbarzimmern, und sie, blass wie ein Giftpilz, wird ihnen irgendetwas über irgendein Land namens „Figland" erzählen, dort wo alle Wünsche in Erfüllung gehen und niemand krank ist. Ich muss kotzen. Und mir erzählt sie über einen Kerl, der gerade irgendwo studiert, sie liest seine Briefe. Ist ganz verrückt geworden. Erzählt ständig irgend etwas Unglaubwürdiges.

Doch wenn es für sie einfacher ist, dann soll sie labern. Und dann geht es mir auch nicht so übel. Vielleicht werde ich in einigen Jahren, wie sie auch, irgendeinen Müll fabrizieren. Natürlich nur wenn ich es bis dahin schaffe."

In den Bergen ist es so ruhig. Nur irgendein weiter, reiner Klang. Weiß. Ich schwimme im Weißen.

In meiner Kindheit, ich weiß nicht mehr wie alt ich damals war, liebte ich es unter dem Bettlaken zu liegen und durch sie hindurch zu schauen. Man hatte den Eindruck, dass die ganze Welt weiß sei – und ich eine weiße Fee. Ich kann alles schwarze, graue, schmutzige wegfegen, und alle lieben mich. Diese Gefühle des weißen Lichtes und der Liebe waren immer unzerreißbar. Wie jetzt – ich bin eingehüllt, voller weißer Liebe. Nicht einmal Verwunderung, sondern Wissen, dass es so ist.

O-o-o. Es schneit. Weiß auf weiß. Ich erinnere mich an den Apfelgarten. Vater und ich gingen dort oft spazieren. Und er wiederholte: „Die Äpfel, wie Engel, sind weiß. Und auf ihnen die Tauben, wie Weihrauch." Die Blätter, zart, fallen leicht auf die Erde und bedecken sie mit einem weißen, ungeraden Teppich. Und man hat Angst darauf zu treten, um es nicht zu zerstören...

Aus dem Tagebuch von Veronikas Mutter
„Im Inneren, Leere...Es sollte einfacher werden, aber was? Ich spüre nichts. Alles ist taub. Fedja blickt mich nicht an, als ob er sich aus irgendeinem Grund für mich schäme. Und ich, nichts. NICHTS. Veronika ist nicht mehr unter uns, und ich kann nicht weinen. Was stimmt bloß nicht mit mir?"

Den Himmel zu berühren... Das konnte ich mir nicht vorstellen. Ich dachte, es wird kalt, doch nein. Milch aus Wolken, leuchtendes Licht der Sonne zwischen der Schlagsahne, ein spielender Wind, abrupt... Ich steige immer höher, höher, höher. Und da blendet mich die Sonne. Nur diese gelborange Platte vor mir. Ich spüre ihre Wärme, Stärke, darin liegt der ganze Lebenssinn.

Aus dem Blog von A.:
„Ich dachte lange nach, ob ich darüber schreiben soll. Das ist sogar keine Frage der Ethik, sondern eher der Respekt vor

dem Leid. Doch ich schreibe, weil diese Geschichte auch mich betroffen hat und viele meiner Freunde. Und weil andere Familien in dieser Situation wissen müssen, dass sich immer Menschen finden, die dich unterstützen und bereit sind, dir zu helfen.

Vor ca. sieben Jahren machte ich die Bekanntschaft mit der Familie B. Vater, Mutter und ihre dreizehnjährige Tochter. Zu diesem Zeitpunkt kämpfte das Mädchen bereits seit drei Jahren mit einer schrecklichen Diagnose: chronische Leukämie. Dieses sonnige Mädchen lächelte immer, dachte sich Geschichten aus und tat so, als sei sie gesund. Dieser Gegensatz zwischen dem kahlen Kopf, den dunklen Ringe unter den Augen, Übelkeit und Ohnmachtsanfällen und ihrer Freude waren das aller Schreckerregendste. Ihre Eltern spielten ihr was vor, bemühten sich, die medizinische Terminologie weg zu lassen und erinnerten sie möglichst wenig an all die Prozeduren. Alles war wie ein Märchen aufgebaut, in dem die Prinzessin magische Tränke trinken musste, damit die bösen Zauberer sie nicht verzaubern.

Und dieses schreckliche Märchen endete vor einem Monat. Zehn Jahre Kampf. Zehn Jahre Hoffnung. Das ist furchtbar...

Ich sah, wie dieses Kind aufwächst, von Tag zu Tag, Angst und Leid fühlend.

Sah, wie die Eltern dasselbe fühlten und die Enttäuschung darüber, ihrer einzigen Tochter nicht helfen zu können.

Es ist schwer zu schreiben...

Für den Abschied. Ich sah den ausgetrockneten, kleinen Körper der jungen Frau...Sie lächelte kaum merklich. Ich hoffe, sie ist endlich in ihrem Märchen und es geht ihr gut dort.

Und was blieb den Eltern? Ein Paar ausgemergelter Menschen bewegte sich wie ein Schatten. Die Mutter war wie erstarrt, sprach fast nichts, saß da und schaute auf einen Punkt. Der Vater versuchte sich zu beherrschen, doch musste er sich die Tränen abtrocknen. Ich kann mir nicht vorstellen, was sie durchlebt haben. Es war furchtbar, sie anzuschauen, wie kann man so etwas ertragen?

Und diese Schrecken in unserer Nähe. Das kann einem jeden von uns zustoßen. Deswegen wende ich mich an Familien mit dem gleichen Leid. Verschließt euch nicht, bleibt nicht alleine damit. Erzählt, redet, nehmt Hilfe an. Denkt nicht, dass ihr alleine seid. Es gibt Menschen, die gerne helfen und euren Schmerz teilen. Wir sind mit euch"

Schaukeln. Ich liebe Schaukeln. Nach oben zu schweben und auf dem höchsten Punkt nach unten zu sinken. Immer mehr schaukeln, nach oben fliegen. Und in einem Augenblick verstehen, dass das alles ist, dass es die Grenze ist. Die Grenze deiner Kräfte, die Grenze der Konstruktion, der Luft, des Lebens. So leer, Geliebte, ohne dich. Alles ist anders. Ich irre durch die Wohnung und habe das Gefühl, in einer Höhle zu sein. Du schreist und hörst das Echo. Ich begann die Stille zu hassen. Mache den Fernseher an, damit es nicht so schlimm ist. Denke ständig daran, was ich falsch gemacht habe. Warum gerade uns? Warum? Als du noch bei uns warst, versuchte ich die Gedanken zu verscheuchen. Doch jetzt...Gott, warum? Warum musste mein Kind leiden? Warum war der größte Wunsch meines Mädchens unter den Rädern eines Autos zu sterben, schnell und schmerzlos. Wozu diese Stille?
„Papalein, nicht nötig. Ich bin hier mit dir. Spüre mich. Nicht weinen...Du verstehst noch nicht. Unser Pfad ist eine Kette, ihre Glieder sind das irdische Leben. Es geschieht nichts, nur der Übergang in eine andere Welt, die Befreiung von der irdischen Hülle. Höre mich."
„Noch immer spüre ich den Geruch deines Parfums. Erinnerst du dich, Mama schenkte es dir zu deinem zwölften Geburtstag. Solch ein zärtliches Aroma...Ich spüre es immer noch. Als ob wir nebeneinander seien. Töchterchen, ich bitte dich, mir zu verzeihen. Ich konnte nicht...konnte dir nicht helfen...Konnte nicht..."
„Ach Papa. Nicht nötig. Beschuldige dich nicht selbst. Das ist mein Weg gewesen. Du wirst alles verstehen, wenn du zurück kehrst. Wenn du dich erinnerst. Wir können es nicht verstehen,

bis wir uns befreit haben, bis wir die Wahrheit des Universums spüren."

„Und auch Ira und ich sind uns gegenseitig fremd. Sie schaut durch mich hindurch, deckt den Tisch und schweigt. Räumt ab und schweigt. Als sei sie von mir weg gegangen und nur ihr Körper ist noch in der Nähe, und die Seele ist nicht mehr bei mir. Ich werde verrückt davon. Was soll ich tun? Wie leben? Leben..?"

„Leben, Papa, leben. Ihr müsst beide weiter leben. Es wird noch so vieles geschehen. Nichts bleibt stehen. Die Liebe ist ewig, nur die Körper sind vergänglich. Ich werde zu dir kommen. Du wirst es sehen, spüren".

„Ich bat dich so oft, ich flehte dich hunderte von Male an - nimm mich mit. Wenn du ein Opfer brauchst...Nimm mich. Ich flehte dich an...Warum hörst du nicht, warum verdammt, hörst du nicht? Ich hielt sie in meinen Armen, schon kalt, schon nicht mehr die meine...und dachte, worin liegt der Sinn? Ich erinnere mich, wie sie das erste Wort aussprach, so ulkig - „skaka". Ira bewachte mich zum Witz mit der Teigrolle. Ich erinnere mich an ihre rosa Strumpfhose und die ulkige Schleife. Ich erinnere mich, wie ich ihr „Alice" vorlas, und von allen Helden wählte sie die Maus aus. Ich erinnere mich an alles...Dann, Tränen, Schreie, Krankenhaus, der Schrecken in den Augen meiner kleinen Puppe. Also, worin liegt der Sinn? Antworte. Ich werde nicht mehr flehen...Mir bleibt nur noch, mit ihr zu reden. Denn du hörst mich, ja? Du fehlst mir, mein Mädchen. Meine Erdbeerveronička...."

„Ich höre dich, höre dich. Das ist nur ein Augenblick, Papa. Ein kleiner Punkt in der Unendlichkeit. Jeder bekommt, was er verdient, und auch wenn mein Abschnitt kurz war, er war voller Liebe und Sorge. Jeder Anschein von Ausweglosigkeit entsteht aus Angst. Doch Angst ist etwas Erdachtes, es gibt sie nicht. Wir sind alle frei. Alle unendlich. Und die Verabschiedung – eine Illusion, und der Verlust der Punkt der Abrechnung. Beginne zu leben, Papa."

67

„Palmsonntag"

Im Himmel öffnete sich ein Abgrund. Über die Stadt fiel ein Tränensturm. Der Schirm hielt es nicht aus, ich war fast ganz durchnässt. Was tun? Bis zum Treffen mit der Freundin blieb noch eine Stunde und ich beschloss in die Kirche zu gehen. Obwohl ich zugeben muss, dass ich es nicht gerade mag, unsere Kirche zu besuchen. Unsere, nenne ich sie deshalb, weil ich mich für orthodox halte. Ich halte mich dafür, doch weiß ich nicht, ob ich es bin.

Ich verstehe vieles nicht von der Kirche und kann vieles von ihr nicht annehmen. Schöne Aufschriften an den Wänden, die über das Leben und das Leiden von Heiligen erzählen, grenzen an böse, trübe Gesichter von alten Frauen, die nichts tun außer die Besucher mit ihren Warnungen zu nerven.

Die Höhe und Harmonie der Architektur steht im krassen Gegensatz zu den dicken, langbärtigen Popen. Sogar während des Großen Fastens sind die Gesichter der Diener Gottes so, als ob sie gerade den Tisch verlassen hätten, der mit gar nicht so geschmackloser Fastennahrung gedeckt war.

Ich habe nie das Wort „Gottesfurcht" verstanden. Warum sollen wir vor demjenigen Angst haben, der uns das Leben geschenkt hat? Er nahm den Weg der Erlösung für unsere Sünden und wir danken ihm mit Furcht. Das ist jedenfalls nicht logisch. Und dieses anstrengende Stehen innerhalb mehrerer Stunden während des Gottesdienstes. Die alten Frauen stehen, Kranke stehen, ja selbst wenn die Gesunden stehen, sind die Gedanken nicht mit dem Gebet beschäftigt, sondern mit den Schmerzen in den Beinen und im Rücken.

Und dann denkt man nicht mehr an die Erlassung der Sünden, sondern daran, wann das alles endlich ein Ende hat. Und außerdem, was macht es Gott aus, ob ich Hose oder Rock trage, ob mein Kopf bedeckt ist oder nicht. Ich erschien zum Gottesdienst, und das zählt.

Im Gegensatz zu der Orthodoxen Kirche, gefallen mir katholische Kathedralen. Kein Menschenandrang. Lange Reihen von Bänken. Hier kann man sich hinsetzen, in Gedanken verweilen, Gott ehren, ruhig beten und sich selbst zuhören und seiner Seele. Die Beichte in einem gesonderten Raum abgeben. Und nicht so wie, wenn hinter dir eine lange Schlange steht und sich deine Sünden anhört, die du so leise wie möglich, dem Popen ins Ohr flüstern willst. Und er nickt, runzelt die Stirn und antwortet: „Bete, Kindchen!" Hat er dir zugehört? Die hinter dir Stehenden haben es sicher gehört, sonst würden sie nicht so verdächtig lächeln und auf dich vom Kopf zum Fuß herab schauen. Das ist nicht die Befreiung von Sünden, sondern Unhöflichkeit und Erniedrigung. Wozu soll man dann kommen, wenn man Ruhe und Frieden braucht?

Ich verstehe nicht das Küssen von Ikonen und Händen, das Umkreisen des Altars, das alles erinnert an Heidentum. Und das ist ein deprimierendes Gefühl von Trübsinn und Trauer. Keine erhöhte, erleichternde Gnadengabe, sondern eine beklemmende Nervosität.

„Reinigen Sie sich! Beten Sie!" Neben mir stand eine kleine alte Frau, ganz in Schwarz, mit nervös blickenden Augen.

„Entschuldigen Sie, was?", fragte ich.

„Reinigen Sie sich!", wiederholte sie und erhob ihre Stimme.

„Nein, danke. Ich will nicht", antwortete ich und drehte mich in Richtung des Altars, wo ein Pope mit dem Kränzchen das heilige Wasser auf die Besucher versprühte.

Plötzlich fühlte ich einen Schmerz etwas über dem Ellenbogen. Die Alte drang mit ihren zähen, dünnen Fingern in meinen Arm und begann mich in Richtung Altar zu ziehen.

„Du musst dich reinigen."

„Ich muss gar nichts. Lassen Sie mich in Ruhe", ich riss meinen Arm von ihr weg und ging zur Seite.

Ich fing mit einem Seitenblick den bösen Blick der nervigen Alten. Diese stand noch eine Weile so da, murmelte etwas und näherte sich der Ikone des Heiligen um die gelöschten Kerzen aufzusammeln.

Ich blickte auf die Uhr, es blieb noch eine halbe Stunde. Das

Donnern hörte man sogar durch den Gesang des Kirchen-chors. Jemand sang falsch den hohen Sopran, das störte beim Hören.

Als ich auf die brennenden Kerzen schaute, erinnerte ich mich daran, wie wir den Vater beerdigten. Man zündete ständig meine Kerze an, die Hände zitterten, und sie erlosch wieder. Ich erinnere mich schwach daran, was damals geschah. Ich er-innere mich nur an das Flackern der Flamme und an die Trä-nen, überall Tränen und dunkle Figuren.

„Das ist nicht so traurig wie sie denken", vor mir stand ein nicht hoher Mann von ca. vierzig Jahren. Ein dunkelblauer Mantel ohne Knöpfe reichte ihm bis zu den Knöcheln. Unter dem Mantel ein helles Hemd mit rosa Streifen, dunkle Hose und sehr saubere, schwarze Schuhe. Er drehte sich und stellte sich von rechts neben mich.

„Palmsonntag ist ein Fest zu Ehren Gottes bei seinem Erschei-nen in Jerusalem." Seine leise, schmeichlerische Stimme beru-higte mich. „Christus wurde bei dem Stadttor von Tausenden von Menschen empfangen, die seinen Weg mit Palmblättern auslegten. In Russland tauschte man die Palmblätter durch Weidenzweige aus. Die Weiden waren immer das Zeichen des ersten Frühlingserwachens nach dem Winter.

An diesem Tag darf man das Fasten etwas abschwächen, man darf Fisch und Kaviar essen und Wein trinken. Danach kommt die Karwoche. Zu dieser Zeit fasten die Glaubenden wieder und bereiten sich auf das wichtigste, orthodoxe Fest vor – Os-tern", er zog seine Worte und der gelehrsame Monolog ähnel-te einem Lied.

Erst als er zu sprechen begann, bemerkte ich, dass viele Men-schen in ihren Händen Weidenzweige hielten. Und der Pope segnete sie feierlich mit dem Kreuz.

Ich drehte mich zu dem Unbekannten um.

„Sind Sie ein freischaffender Konsultant für Kirchenfeste?", be-merkte ich zynisch.

„Nein. Ich habe alles selbst gesehen."

„Was gesehen?", verstand ich nicht.

„Wie Jesus Jerusalem betrat", antwortete er gelassen.

Ich schaute ihn mit weit aufgerissenen Augen an und dachte: „Das war's."

Er blickte ungefähr zehn Sekunden lang auf mich, ohne seinen Blick abzuwenden und sagte: „Das war nur Spaß!"

„Sie fühlen sich hier unwohl? Ungewohnt? Ich hatte auch mal solche Gefühle. Ich ging nie zur Kirche. Ich konnte das schwankende Räuchergefäß nicht ausstehen. Mir wurde übel vom Weihrauchgeruch."

„Warum sind Sie dann jetzt hier?", fragte ich neugierig.

„Ich sagte, doch, früher mal. Jetzt ist alles anders. Jetzt ist das alles nichts für mich."

Ich wollte fragen, was sich jetzt verändert hat, doch jemand berührte meine Hand. Ich drehte mich um. Ein kleines Mädchen von ca. fünf Jahren zog mich am Ringfinger, auf dem ein Ring steckte, den sie abnehmen wollte.

„Was machst du da, Kleine?", fragte ich lächelnd.

Das Kind blickte mich mit seinen blauen Augen an, blinzelte, ließ meinen Finger los und lief zu dem Haufen der jungen Frauen, die neben der Ikone der Gottesmutter standen.

„Ja, also warum haben Sie jetzt...", ich sprach nicht zu Ende. Neben mir war niemand.

Der Fremde war verschwunden. Ich versuchte ihn mit meinem Blick zwischen den Leuten zu finden, doch ich fand ihn nicht. Wie spät ist es? Ich schaute auf die Uhr. Gerade genug Zeit, um das Café zu erreichen. Als ich neben der Tür stand, bemerkte ich einen dunkelblauen Mantel - oder schien es mir nur so? Ich ging auf die Vortreppe, machte den Schirm auf und schritt mit dem Gefühl von Unverständnis und Fremdheit auf dem nassen Asphalt.

* * *

Meine Freundin und ich saßen draußen unter einer roten Markise, wodurch alle Gegenstände und Kleidung eine rote Schattierung bekamen. Iriška quatschte ohne Unterbrechung darüber, dass Paška, ihr Mann, sich in letzter Zeit seltsam verhielt. Ständig verschwindet er irgendwohin. Und gestern ließ er sie wissen, dass er sehr müde war und aus dieser Stadt fliehen will, vor dessen Autos und Menschen. Dass es noch zu früh ist, um Kinder zu bekommen. Noch ist mit der Karriere nicht alles geregelt, und die Wohnung ist zu klein. Und die Preise, monströs. Ich hörte ihr mit dem Gefühl zu, als ob eine hängende Schallplatte spielen würde. Die Melodie war dermaßen zerfressen, doch aus irgendeinem unbekannten Grund, musste ich ihr dennoch zuhören.

Es hörte nicht auf zu regnen. Die Markise wölbte sich mal hier und mal dort unter dem schweren Wasser. Und die Kellner gingen mit langen Schrubbern umher, die sie nach oben hoben und das Wasser von einer weiteren Einsenkung in die andere schoben. Und dann, wenn sie den Rand erreichten, strömte ein Wasserfall auf den Bürgersteig.

Tauben, die frech waren und nicht nass werden wollten, spazierten zwischen den Tischen und sammelten Essensreste auf. Ich versuchte mich an das Gesicht des Fremden zu erinnern, doch es klappte nicht. So etwas geschieht oft, wenn du abrupt aufwachst, und im Gedächtnis nur ein Bild übrig bleibt, verschwommen und neblig, obwohl du das Gefühl hattest, den Menschen sehr genau betrachtet zu haben.

„Mariša, Mariša!", ich erwachte aus der Starre. „Mariša, was ist mit dir? Ich erzähle und erzähle. Und sie, als hätte man sie vom Kreuze geholt, schaut auf einen Punkt und schweigt."

„Ja, heute in der Kirche", Irina ließ mich nicht ausreden.

„Übrigens apropo Kirche. Nataška Petruchinas Jegoruška wird nächsten Samstag getauft. Was für ein Name. Sie möchte, dass ich die Taufpatin werde. Kommst du auch? Ihr Angebeteter will ein Fest veranstalten. Wohin sonst mit dem Geld?" Dann beschwerte sie sich noch eine Weile über ihre überheblichen Bekannten, die aufgrund ihres finanziellen Überflusses und deren Unbestraftheit verrückt gingen. Ich hörte ihr zu und nickte als Antwort, doch meine Gedanken folgten ihr nur träge. Als würden sie sich in einer viskosen Gelee-Flüssigkeit auflösen. Eine Vielzahl unklarer Bilder wechselte sich ab mit der monotonen Stimme des Fremden, und ich stellte mir vor, wie sich die Flammen von Tausenden von Kerzen zu einer Flamme zusammen ziehen und sich in die Kuppel des Klosters hinein heben. Für ein paar Sekunden war ich nicht einmal imstande zuzuhören. Doch der Kellner brachte Tee und stellte die Tasse mit dem Unterteller so ab, dass das klirrende Geschirr mich erzittern ließ.

Irina fuhr mit dem Reden fort. Ich blickte auf die Uhr und verkündete zwar nicht ohne Freude aber mit einer aufgesetzten Traurigkeit, dass ich in die Redaktion müsse. Sie zog eine unzufriedene Grimasse und sagte, wir hätten kaum gesprochen und ich sollte noch viel erzählen. Ich sagte, dass wir es beim nächsten Mal nachholen, wir gaben uns zum Abschied ein paar Küsschen und jede ging den eigenen Angelegenheiten nach.

***

Die Routine und die Arbeit fingen mich ein. Die alltägliche Hetze, Interviews, Artikel, Präsentationen – journalistische Routine. Mein armer „König Arthur" sieht mich gar nicht mehr zuhause. Und er wird nicht müde zu fragen: „Wann verlässt du deine Arbeitsstelle?" Ich antworte, dass ich sie nie verlasse und gehe gehorsam in die Küche, um das späte Abendessen vorzubereiten.

In den letzten Monaten bin ich irgendwie allem und jedem gegenüber kühler geworden. Vielleicht weil es draußen kälter wurde und die Gefühle einfroren. Wie eine Maschine gehe, sitze, schreibe, schlafe ich. Alles geht mit einem Automatismus zu, weder Farben, noch Freuden.

Arthur bekam eine Gehaltserhöhung und deutet ganz vorsichtig an, dass er sich ein neues Auto kaufen möchte. Ich mache den Anschein, als ob ich nicht wüsste worum es geht.

Bereits seit zwei Wochen schreibe ich an dem Artikel „Darüber, was danach kommt." Der Redakteur hat meine ganze Seele ausgeschwämmt, und ich habe Stupor. Ich habe doch das Material und die Gedanken, doch es webt sich nicht, es schreibt sich nicht. Iriška hatte versprochen die Tagebücher irgendeines Künstlers zu bringen, der fast gestorben wäre. Sie quasselte etwas am Telefon, so nach dem Motto, ihre Bekannte hätte die Tagebücher des Bruders gefunden, dass das Geschriebene umwerfend sei und ich es unbedingt lesen müsste. Ich vernahm ihre Rede ohne Enthusiasmus, doch fügte hinzu, dass ich es mir gerne anschaue.

* * *

„25. September.
Der Tag gleicht einer Spirale des Trübsinns.
Ich wurde wieder von Albträumen geplagt. Was für eine unerträgliche Scheusal in meinen Träumen? Im Umkreis Menschen, eine Vielzahl von Fremden, rosa-rot, mit Grinsen auf den Gesichtern.
Man sagt mir, ich sei ein Glückspilz, weil ich so etwas überlebt habe. Und ich brauche Kraft, um meinen Mund zu einem Lächeln zu verziehen und versuche zu vergessen, dass ich lebe."
„27. September
Anuška brachte mir Apfelsinen – orangefarbene Freude. Ich saß im Sessel, eingemummelt in eine alte, verwaschene Decke und sie, einem Kolibri gleich, klein und flink, bemühte sich in der Küche. Wie ich dich liebe, Schwesterchen! Nach dem Krankenhaus wurde ich sehr sentimental. Ja, es finden Veränderungen statt. Wollte sie malen, doch die Hände zittern. Ich

verfehle selbst, wenn ich die Maske ablege und die Kranken, so wie ich. Ich will eine Apfelsine essen."

„30. September
Vasin hat angerufen, lud mich zu seiner Ausstellung ein. Vor dem Krankenhaus, wie merkwürdig, ich teile mein Leben in ein Vor und ein Danach auf. Meine Ganzheit zerfiel in zwei Teile, und nun spüre ich das Davor stärker, doch ich spüre nicht die Gegenwart. Ja, früher…Hätte ich mit einem zynischen Lächeln begonnen, und hätte diesen Künstler höchst wahrscheinlich beleidigt, doch nun tut es mir einfach leid. Weil er seine Begrenztheit als Talent versteht. Wie einfach und frei wir die Lüge als Wahrheit annehmen. Wir atmen das Aroma einer nicht existierenden Blume ein. Ich lehnte ab, gesundheitlich bedingt. Es hat was, weich zu lügen und dafür Mitgefühl zu bekommen."

„5. Oktober
Ich könnte heulen! Die Glasur hat nicht geklappt. Die Untermalung triefte wie Tropfen auf dem Glas. Ich verstehe nicht, fühle nicht…Leere und Vakuum im Inneren. Ich habe mal so stolz gesprochen, dass der Pinsel die Erweiterung meiner Hand sei. Amputation. Mein Armstumpf heult und schmerzt, unbeweglich.
Ich habe zwei Päckchen geraucht und nur den Sternen ist das egal. Sie sind weit und kalt, und gleichgültig.
Gestern kam Semjen. Brachte ein paar Skizzen. Relativ gut. Ich wollte sie etwas korrigieren, doch hatte Angst, dass die Hand nicht auf mich hört. Ich spürte meine Niederträchtigkeit und Verlorenheit. Semjen, wie immer schwerfällig und langsam, begann mich monoton danach zu bitten, dass ich ihm meine bekannte „lebende" Linie zeige. Ich explodierte, schrie ihn an und vertrieb ihn…
Ich habe Angst"…

* * *

Mich hatte die Grippe erwischt. „König Arthur" kaufte mir Arzneien, Zitronen und befahl mir, zu liegen, was ich auch tue. Iriška kam vorbei und brachte mir die Tagebücher Vlad Petrovskijs, eines talentierten Künstlers, der, wie es oft vorkam, zu früh von uns gegangen ist und nur wenig beenden konnte. In meinen Händen hielt ich zwei Hefte von achtundvierzig Seiten, die in einer tanzenden Schrift beschrieben waren. Zwischendurch waren Bilder mit einem Bleistift gezeichnet und auf jeder Seite eine unveränderte, kleine Fontäne. Diese hätte egal wo stehen können, in der Mitte, groß, mit vielen Strahlen, klein, in der rechten Ecke oder ganz unbemerkbar, nach dem Punkt. Aber sie war unbedingt abgezeichnet.

„7. Oktober
Ich ähnele immer mehr der alten Kommode der Großmutter. In ihrem gemütlichen, kleinen Haus erschien sie mir, einem nackigen Bengel, wie ein Monster. Ich ging nicht in das Zimmer der Großeltern, hatte Angst. Ich lief im Haus umher, zerrte das braune, einäugige Hündchen hinter mir her und schrie: „Temja!" So sprach ich den Namen des Großvaters Timofej aus. Die Großmutter nahm mich in die Arme und brachte mich in den Garten, wo der Großvater stolz eine Landschaft zeichnete. Er drehte sich um, mit einem Lächeln und sang Vla-dju-šok.
Später, als Jugendlicher, schaute ich auf die Kommode wie auf etwas Hässliches, Unansehnliches und sprach ihr jegliche Existenzrechte ab. Die Gebrechlichkeit, Fremdheit, wie etwas erschreckend nicht in die Umgebung passendes, reizten mich. Ich zerhackte die Kommode nach ihrem Tod. Ich schlug mit der Axt auf die Griffe, auf die leeren Schubladen, auf die Bretter der Vergangenheit. Ich schlug, schluckte Trauer, Tränen und Angst. Ich schlug…
Ich muss eine rauchen."
„11. Oktober
Heute scheint die Sonne. Ich wache von dem Gold auf, das mein Zimmer erfüllte. Ich machte die Augen auf und schaute lange auf die Staubkörner, die langsam in den Sonnenstrahlen

flogen. Irgendetwas gar Geheimnisvolles und gleichzeitig Einfaches hat dieser chaotische Tanz.

Zum ersten Mal nach meinem Krankenhausaufenthalt begann ich mich zu erinnern, was ich hinter den Grenzen, die das Leben abschirmen, sah und fühlte. Zuerst spürte ich schrecklichen Schmerz, der mich mit seiner Unerträglichkeit erst fesselte und dann wieder zwang wegzulaufen, zu schreien, irgendetwas zu tun, damit er aufhört. Und dann war er plötzlich weg.

Verschwommene, weißen Silhouetten, das Grollen von Stimmen und irgendein Geklirr, das an das Geklirr einer leeren Tasse mit einem Löffel auf einem Tisch im Zug erinnerte. Zu diesem Zeitpunkt dachte ich gerade noch, dass ich Tee in Zügen nicht ausstehen kann.

Danach Abgrund und Dunkelheit. Der Körper fühlte sich leicht und frei, aber die Dunkelheit…Sie löste mich in ihrer Blindheit und Leere auf, und zur selben Zeit war sie sehr dicht und gesättigt. Ich hatte keine Angst. Und ich spürte weder Kälte noch Wärme. Nach kurzer Zeit begann die schwarze Dichte sich aufzulösen und hell zu werden. Und der Raum um mich herum nahm zuerst ein graues, dann ein türkisfarbenes, dann ein hellblaues Licht an. Diese Lichtvariationen verzauberten mich. Gedankenlose Wirbel riesiger, nebelähnlicher Wolken. Die Schatten des Lichtes schwammen aus einer Lichtessenz in die andere. Das alles ging sehr langsam vor sich, fließend und ziehend. Ich spürte Frieden und eine unbeschreibliche Leichtigkeit. So als ob die Erdanziehungskraft aufgehört hätte, zu existieren und ich frei war zwischen diesem ganzen Feuerwerk des Lichtes. Da hörte ich plötzlich eine Stimme. So als ob sie aus mir heraus kam oder um mich herum war, leise und ruhig. Sie sagte nur folgende Worte: „Noch ist es zu früh." Und darauf hin begann sich alles zu verändern. Die Farbwolken begannen sich schnell zu drehen und zu zerfallen. Nun füllten sich die Schatten mit Licht und ihre Giftigkeit tat in den Augen weh. Es wurde kalt, der Körper fühlte sich schwer an. Der Raum schien mal zu wachsen mal zusammenzuschrumpfen. Ich begann irgendeinen Raum zu betreten. Vor den Augen, wie Film-aufnahmen, die sich abwechseln, schwammen die Episoden meines Lebens. Ich wollte schreien, doch konnte ich es nicht. Der Körper war wie zusammengedrückt. Ich spürte den sauren Geschmack von Angst auf der Zunge. Der Schrecken, wild, archaisch, alles verschlingend, wurde zu meiner selbst. Dann fiel ich, so schien es mir, auf etwas Hartes, doch ich spürte keinen Aufprall. Nun hörte ich auf zu fallen. Und schon wieder Dunkelheit…

Ich wachte von einer Berührung auf. Die Krankenschwester setzte den Tropf."

„15. Oktober

Ich sortierte den Kram im Abstellraum. Viel Unnützes, doch auch viele Erinnerungen werden in den Abstellräumen aufbe-wahrt.

Der Staub der Vergangenheit. Ein alter Pinsel mit einem abge-nagten Griff. Das war mein Hund Fimka. Ein Haufen Zeichnun-gen, Skizzen. Ich betrachtete diese wie ein allwissender Greis. Mal war eine Linie ohne Ausdruck, mal der Plan falsch. Wo ist das alles?

Die Fliege ist mein Triumph! Vor zwei Jahren trug ich ein seriö-ses Kostüm mit Fliege, ich lächelte vor Verlegenheit. Die Aus-stellung war in der besten Galerie der Stadt! Kameras, Fotoap-parate, Interviews. Ich war auf dem Olymp. Alleine! „Talentiert, jung, schön!"

Und dann war alles! Als man mir sagte, die Ausstellung sei ausverkauft, verstand ich es am Anfang nicht. „Alle Bilder ver-kauft", eine Phrase für einen Genie! Euphorie …

Dann begann das Leben der Einladungen, Abende, und wich-tiger Treffen! Glanz, Schönheit – Falschheit, Langeweile und Schöntuerei…

Mir wurde übel…"

„15. Oktober

Ich fand ihren Brief. Sie liebte es, mir zu schreiben. Sie liebte.

„Nein, ich fange nicht mit den Gedichten Zvetajevas an, weil ich will, dass du an mir leidest! Du sollst dich hingeben, genießen, nehmen und verweigern - voller Sehnsucht. Ich möchte, dass du wahnsinnig wirst vor Angst. Ich möchte, dass du jede Sekunde an mich denkst, dass ich in jedem Augenblick bei dir bin. Ich möchte ungeteilt herrschen…und mich unterwerfen…
Du sagst: „Deiner"…
Ich antworte: „Ja, meiner"…
Ich mag deine „Unterwerfung", deine Zärtlichkeit gefällt mit. Wenn du die Augen schließt und stöhnst im Takt unserer Leidenschaft. Wenn du fragst, wann…
Du gehörst nur mir! Ich werde dich einlullen, dich umarmen, erregen, im Tanz unseres Irrsinns reizen. Lava gleich, gleich schnell fließendem Wasser, werde ich, mein Geliebter, in dich fließen. Nur erlaube es mir…"
Oder Leidenschaft?
Ich erinnere mich an ihre Augen. Sie atmete nicht als sie mich mit der „Rothaarigen" sah. Ihr gläserner Blick haftete auf uns. Das war nicht sie, sonder eine blasse, Angst einflößende Absurdität. Anekdoten können oft schrecklich sein. Sekunden - zu Jahren der unerbittlichen Nachtragung…
Die „Rothaarige" traf ich im Park und machte ihr den Vorschlag, sie zu malen. Es war von Anfang an klar, nach einem schnellen Einvernehmen, dass es nicht nur zu einem Portrait kommen wird…
Sie atmete nicht. Und ich, ganz frech: „Geselle dich zu uns!"
Ich werde sie morgen anrufen."

* * *

Mir war kalt. Entweder, weil ich Fieber hatte, weil es mich fröstelte, oder wegen des Gefühls von Hoffnungslosigkeit und Verlorenheit, das die von mir gelesenen Zeilen füllte.
Ich goss mir etwas Tee ein, tropfte den Saft einer Zitrone in die Tasse und fügte zwei Löffel Himbeermarmelade hinzu. Ich

war in einen Schal eingemummelt und machte kleine Schlucke des Getränkes. Ich stand am Fenster und beobachtete die fallenden Schneeflocken. Wir, diesen Schneeflocken ähnelnd, drehen uns und fliegen irgendwohin. Und es gibt so viele von uns und alle sind gleich. Und nur einzelne kann man in seinem Leben näher betrachten. Wenn sich eine von Millionen auf deine Handfläche setzt. Und du blickst es an, betrachtest das Muster, die Samtigkeit und die wundersamen Verwebungen. Und dann taut ihre Unwiederholbarkeit und verwandelt sich in die Träne der Reue.

Ich fragte mich, ob ich ein Recht darauf hatte, diese Tagebücher zu lesen. Soll jemand Fremdes erfahren, worüber du mit dir selbst sprichst? Oder hofft und wünscht sich jeder Schreibende, dass man ihn versteht, auch wenn es erst danach kommt?

Ich schreibe keine Tagebücher. Ich assoziiere sie mit dem Tod. Wege, die zum Ende führen. Ja, die Gedanken verschwinden, man muss sie aufschreiben, doch nicht für die Ewigkeit.

„20. Oktober

Ein teuflischer Regen. Bereits der dritte Tag von Trommelklopfen und Feuchtigkeit. Habe mich überall geschnitten. Das Gesicht brennt. Ich begann die Schwere der Minuten zu spüren. Früher wünschte ich mir Stille und Ruhe. Nun sind sie eingekehrt, aber es ist furchtbar. Ich habe das Gefühl, ich würde in einem Glaskoffer sitzen; und hinter dem Glas höre ich Lärm, Bewegung, Leben. Aber diese durchsichtige Wand kann weder zerschlagen noch zerstört werden. Es bleibt nur noch sich an das Glas anzulehnen, hin zu schauen und zu beneiden.

Das malte ich gestern. Warum auch immer, die hellblauen Töne gefallen mir nicht. Als ob nicht ich es gewesen wäre. Anja sagte, so hätte ich bisher noch nie gemalt. Sie hat recht, doch habe ich auch nicht so gelebt…

Zumindest ist es erfreulich, dass ich wieder arbeite."

„27. Oktober

Der Pinsel tanzt in der Hand, welch ein Genuss. Eine Woche ohne Urlaub. Ich habe es bereits vergessen, wie man den Genuss, Erleichterung und Befriedigung gleichzeitig verspürt. Ich spüre, dass ich müde geworden bin. Der Rücken schmerzt, doch was für ein Kick– ich bin ein Schöpfer!"

„5. November
Heute habe ich Semjen angerufen und ihn auf ein Glas Wein eingeladen. Er liebt georgischen Wein. Ich habe drei Läden besucht, um den richtigen zu finden. Überall Schlamm und Dreck, doch ich war immerhin froh, dass ich diesen unnützen Batzen habe."

„10 November
Ich habe das Gefühl, dass ich umsonst arbeite. Male, male! Weder das Herz noch die Hände sind zufrieden. Die Pinsel krümmen sich zusammen, zerfallen. Teuflisch…
Gestern brachte Anna Milchmädchen. Keine schlechte Farbe, wenn man es mit roter Farbe vermischt. Habe die halbe Dose verbraucht, den Rest aufgegessen. Bei solch einem Tempo werde ich bald mit Sperma schreiben.
Ekelhaft."

„12 November
Ich irrte heute durch die Stadt. Alte Gassen, rissige Häuser. Es atmet sich einfacher auf den Straßen, die von der Zeit vergessen wurden. Das chruschtschowsche Tauwetter in den Vieretagenhäusern bringt mich in die sorglose Kindheit zurück. Dort schien die vierte Etage die Krone der Welt zu sein, der Großvater Abraham, wurde zum allwissenden Orakel, die Großmutter Zara, seine Frau, zu einer freundlichen Alten aus einem Märchen, die dich wärmt und dir zu Essen gibt, und dich in den Schlaf lullt. Sie waren unsere Nachbarn, gegenüber, in einer Einzimmerwohnung. Alt, jedoch immer stramm und munter. Ein gebildetes, intelligentes, jüdisches Pärchen. Sie hatten keine Kinder. Und mein Freund Miška und ich, stürmten ab und zu in ihr kleines Zimmerchen mit der Erwartung eines Wunders. Und sie hatten uns nie enttäuscht. Tee, Bonbons und natürlich Kazinaki. Ich erinnere mich immer noch an ihren Geschmack und das Knacken im Mund, das Gefühl einer kleinen Explosion

auf den Zähnen. Bei ihnen roch es nach Brot, Buttermilch und irgend einer Essenz – solch ein süßes Zitronenaroma. Der Großvater Abraham erzählte uns alte, jüdische Märchen, die Großmutter streichelte unseren Kopf und flüsterte: „Genau so war es. Genauso so war es."

Es war so.

Gut."

„15. November

Semjen kam mit einem neuen Bild und Wein. Ich war froh, ihn zu sehen. Habe seit drei Tagen mit niemandem gesprochen. Er trug einen langen, schwarzen Pullover und schwarze Jeans. Als ich ihn anblickte, dachte ich mir, er sei auf dem Weg zum Dienst. Von seinem Bass wären die Besucher sicher begeistert. So was ähnliches war… Mein altes Bild, ich habe es nicht beendet. Man müsste ihn und dieses als Popen hinzu malen… Ja.

Wir haben gut Zeit miteinander verbracht. Die landschaftliche Dämmerung gelang ihm. Es war sehr realistisch und zugleich irgendwie voller Ruhe meisterhaft gemalt. Eine weite Steppe, in der Weite ein einsamer Ross vor dem Sonnenuntergang. Der Himmel wird von Strahlen durchschnitten, und im Vordergrund ein kleiner dunkelgrüner Zweig.

Ich lobte ihn.

Wir saßen lange so da. Stritten über die heutige Mode und die Avantgarde. Er wollte mir beweisen, dass diese Kunst, die Welt aus einem anderen Blickwinkel zu betrachten, das Illusorische, die Kreativität….Dummheit sei. Nun, wir kamen nicht auf einen Nenner.

Rauchen."

* * *

Die Grippe war fast verschwunden. Das Fieber war gefallen, die Nase begann wieder Gerüche aufzunehmen. Die Stimme klang noch wie bei einem nicht nüchtern werdenden Trunkenbold, doch der Hals schmerzte nicht mehr.

Arthur kam verärgert von der Arbeit zurück und sagte, es seien Hundstage, man müsse den doppelten Tarif zahlen. Ich sagte, wir wären ja sonst alle Millionäre. Er lächelte, küsste mich auf die Wange und ging in die Küche, um seine Soldaten zu schnitzen.

Manch einer flucht und versucht damit den Stress zu bewältigen, manch einer zerbricht das Geschirr, meditiert oder hört Musik. Mein Ehemann zieht die Schürze an und wird zum Skulptor. Er schnitzt aus Holzstücken Figuren einer längst vergangenen Epoche. So leise und monoton žik-žik . Er vergisst sich dabei selbst. Es entsteht etwas Neues aus der Ungeduld und dem Durcheinander. Die Vergangenheit aus der vergessen geratenen Gegenwart.

„21. November
Ich bin wahnsinnig geworden. Ich legte mich erst um kurz nach vier schlafen und schlief sofort ein. Nach einer Sekunde, Wasser. Ich sprang auf und verstand nicht, was geschieht. So etwas habe ich noch nie geträumt. Auf den Wänden Wasser, auf der Decke wachsende Pfützen – der Regen auf dem Kopf. Ich stieg mit nassen Pantoffeln nach oben zu den Nachbarn. Ich klopfte ca. fünf Minuten. Aha, da sind wir ja! Ein zerrissenes Unterhemd, eine Unterhose und eine einwöchige Alkoholfahne. Vitek bemerkte nicht einmal, dass er bis zu den Knöcheln im Wasser steht.
„Wir sind angekommen, Vitek!", schrie ich in sein verträumtes, verschlafenes Gesicht.
„Wer?", fragte er, ohne zu verstehen.
Ich schubste ihn und lief in die Küche, wo das Wasser aus dem Waschbecken lief, das voll war mit schmutzigem Geschirr. Ich drehte den Wasserhahn zu und nahm einen Teil des Geschirrs heraus, damit das Wasser wieder entweichen konnte und rief zu Vitek: „Hol Lumpen!"
Bis um neun Uhr trockneten wir seine Höhle. Dann ging ich zu mir, um dasselbe zu machen.
Scheiße."

„22 November

Die Wohnung ähnelt einem unglaublichen Monster. Die Zungen von abgeblätterten Tapeten hängen hier und dort. Als ob sie beabsichtigen würden, jeden beliebigen, der sich ihnen nähert, zu verschlingen. Überall Flecken, das Parkett ist ebenfalls beschädigt worden. Der Nachbar versprach, alles zu regeln, wenn er ausgenüchtert ist. Doch ich habe das Gefühl, dass er wieder trinkt. Die Wohnung sieht nun ganz anders aus. Seltsam, mir scheint sie sogar vertrauter. Chaos und Unbeteiligtsein am Ideellen, gefallen mir. So etwas liegt mir."

„25. November

Mein ganzer Körper zittert. Ich rauche eine nach der anderen. War im Park spazieren. Habe Lena getroffen – die Liebhaberin aus den Briefen. Blühend und lächelnd. Sie ging mit ihrem Kleinen, mit dem Kinderwagen spazieren. Und ich, wie ein schuldiger Knabe, versteckte mich hinter dem Baum, damit sie mich nicht bemerkt. Das Kind hat ihre Augen, blau-grau und ein kleines Muttermal auf dem Kinn.

Ein solch drolliges Kind. Ich sah, wie sie die Alleen entlang spaziert und irgendetwas zu dem Kleinen sagt, sie lächelt, wenn es ihr antwortet. Sie ist glücklich und zufrieden in ihrer Mutterrolle. Wäre nicht die Erinnerung an die Vergangenheit, würde ich mich in diese schöne Frau verlieben. Doch für die Liebe ist es schon zu spät.

Die Dummheit hat immer den Vortritt!"

„27. November

Es fiel der erste Schnee. Es wurde kalt und windig. Ich sollte den Pullover raus holen – meinen schweigenden Freund der Wärme und Gemütlichkeit.

Ich träumte, dass ich fliege. Frei und unbeschwert. Über der Stadt, über die gestreiften Straßen, über der gerade erst frisch gepflügten Erde, über der verbrannten Steppe, über den Kronen von Pappeln, über schneeweiße Berge.

Ich wachse"

„30. November

Endlich habe ich sie gefunden. Ja, tatsächlich, unvollendet. Bei Annuška zuhause, auf dem Speicher. Ich zerbrach mir den Kopf darüber, wo sie denn nun sei. Nun bin ich froh, als hätte ich einen Schatz gefunden. Kaum zu glauben, dass ich sie vor zehn Jahren zu malen begann. Alles ist so gut gemalt, bis auf das Gesicht der Frau. Da blieb nur der weiße Fleck. Ich sah -…"

* * *

Die letzte Seite des Tagebuches herausgerissen. Ich wunderte mich. Ich hasse Ungewissheit. Wenn ich einen Film schaue (oder ein Buch lese) und dieser ein offenes Ende hat. Das macht mich wütend.
Hat der Regisseur es so geplant! Ein Depp, dieser Regisseur. Man quält sich dann mit Vermutungen. Eine nicht zu ende gebrachte „Gestalt." Auch hier brachen die Zeilen ab und führten zu einem quälenden Gefühl der Ungewissheit…
Ich rief Iriška an. Ich erreichte sie nicht. Zuhause brauche ich sie gar nicht zu erreichen versuchen, so früh ist sie nie zuhause.
Ich beschloss zu warten. Ich habe mich nicht so entschieden, ich musste es. Nach zwei Stunden schwieg ihr Handy immer noch. Wozu braucht der Mensch ein Mobilfunknetz, wenn er nicht erreichbar ist? Ich begann mir schon Sorgen zu machen. Nicht, dass was passiert ist.
Iriša meldete sich selbst.
„Mariška, ich habe mir solche Stiefel gekauft."
„Warum ist dein Handy aus?", sagte ich streng in einem mütterlichen Ton.
„Akku leer. Habe vergessen, es aufzuladen. Das sind so schwarze Stiefelchen!", fuhr sie fort.
„Hast du nicht es nicht mal versucht, auf den Akku zu achten?", sagte ich genervt, fast schreiend.
„Was sagst du da?", flüsterte die Freundin verständnislos.

„Ich begann mir schon Sorgen um dich zu machen." Ich senkte die Stimme und antwortete etwas weicher. „Vielleicht kommst du heute bei mir vorbei? Arthur ist auf Dienstreise und du kannst mir deine Stiefel zeigen."

Der Enthusiasmus im begeisterten Quietschen der Freundin versprach eine schlaflose Nacht.

Nach einer Stunde war die Freundin bei mir. Sie brachte nicht nur Stiefel, sondern auch Parfum, Jäckchen, Kosmetik und einen Haufen Krimskrams. So saßen wir bis in die tiefste Nacht zusammen. Nach einer Flasche Martini und der Einkaufseuphorie kam die Rede auf die Tagebücher. Ich sagte ihr, dass die Zeilen unterbrochen werden. Und Iriška, bereits gelangweilt und gähnend, machte den Vorschlag, am nächsten Tag die Schwester des Künstlers zu besuchen. Sie auszufragen. Ich fragte, ob sich das gehört? Daraufhin bemerkte Irina, dass Annuška ein wundervoller Mensch sei und sich immer über Gäste freue. Sie würde sie morgen anrufen und ein Treffen vereinbaren. Ich war glücklich. Mein Versuch mit den Klamotten war nicht umsonst. Morgen könnte man die „Gestalt" vollenden.

* * *

Eine sympathische, junge Frau mit blonden Locken und grünen Augen öffnete uns die Tür. Während Iriška mich vorstellte, beobachtete mich diese aufmerksam. Ich begann mir Sorgen zu machen. Vielleicht war die Wimperntusche verwischt oder ich habe einen Fleck auf der Nase. Doch just als Irina ihre Rede beendet hatte, lächelte Anna und sagte, dass sie schon lange auf uns warte und froh sei, dass wir sie besuchen.

Wir betraten das Wohnzimmer mit einem Kamin und tauchten ein in ein schneeweißes Sofa.

„Ich mache Tee", sagte Anja und verließ uns kurz.

Iriškas Handy klingelte und sie begann sich über etwas auszulassen. Ich blickte mich derzeit im Zimmer um. Groß, hell, nichts Überflüssiges. Die Herrin des Hauses liebt Gemütlichkeit, doch überfüllt sie das Haus nicht mit irgendeinem Krimskrams. Einige Familienfotos auf dem Kamin, Bilder auf den Wänden, meistens Landschaften. Doch da war auch das Portrait eines jungen Mannes, sein Gesicht kam mir bekannt vor. Er saß da und blickte nach oben, die rechte Hand berührte das Ohr.

„Gefällt es dir?", fragte sie mich hinter meinem Rücken.

Ich erzitterte, denn sie hatte sich mir sehr leise genähert. „Ja, ein interessantes Portrait."

„Das ist ein Selbstportrait. Vlad malte es, als er zwanzig Jahre alt war."

„Ich bin kein Spezialist, doch es ist sehr schön gemalt", bemerkte ich.

Sie blickte mich genau so aufmerksam an wie bei unserer Begegnung.

Ich fragte: „Stimmt etwas nicht?"

„Nein, nein. Alles in Ordnung. Verzeihen Sie mir den aufdringlichen Blick. Ich habe einfach schon so viel über Sie gehört", antwortete Anna, sich selbst rechtfertigend.

„Ich ahne von wem", sagte ich mit einem Lächeln.

Anna lächelte auch und begab sich in die Küche, um den Tee zu holen. Sie verschwand hinter der Tür.

Irina schaltete fluchend das Handy aus und trat an mich heran. „Ein fröhliches Portrait. Das ist wahrscheinlich ihr Bruder? Ein sympathischer Mann war er", sie machte einen Bussi mit den Lippen.

Anna lud uns zum Tee ein. Sie war still, hatte ein liebsames Lächeln und etwas traurige, verständnisvolle Augen. Sie erzählte von ihrer Familie, von ihrem Bruder.

Ihre Eltern lernten sich in der Ukraine kennen. Dort wurden auch Vlad und Anna geboren. Die Arbeit des Vaters verlangte häufige Umzüge, so fanden sie sich hier wieder. Die Mutter unterrichtete Mathematik in den höheren Klassen. Sie arbeitete bis zu ihrer Rente in der Schule. Sie starben schnell. Zuerst der Vater, dann, nach einem halben Jahr die Mutter. Sie konnten nicht ohne einander. Vlad verkraftete das nur mit Mühe. Er konnte nicht mehr arbeiten, trank. Dann fasste er sich wieder zusammen und eröffnete eine Ausstellung. Alle Arbeiten wurden verkauft. Dann war er oft im Ausland. Er liebte Kasinaki und den Cocker Spaniel Fimka.

Ich sagte, dass in den Tagebüchern einige Seiten fehlten. Die Texte werden unterbrochen, wisse sie etwas darüber?

„Kommen Sie", sagte Anna leise und nahm meine Hand. „Iročka, entschuldigen Sie, ich muss Marina etwas zeigen."

Irina, vor Neugierde und Enttäuschung überwältigt, schaffte es dennoch diese zu unterdrücken und entgegnete mit den Worten, dass es ihr, auch hier zu verweilen, gefallen würde.

Anna und ich stiegen in die zweite Etage, dann höher auf die Mansarde.

In einem leeren, staubigen Zimmer stand eine Staffelei mit einem Bild, das von einem Laken bedeckt war. In der Nähe stand eine Schublade, auf der Farben zerstreut lagen, ein Stuhl und einige Bilder ohne Rahmen, die an einem der Balken lehnten.

Anna blieb neben der Staffelei stehen.

„In seinen letzten Tagen hat er hier gearbeitet. Bis zur Ermüdung. Als ob er Angst hatte, etwas nicht vollenden zu können", ihre Stimme zitterte. „Er sagte, er würde das Bild bald vollenden, dass es nicht mehr lange dauern würde." Sie begann zu weinen.

Ich war verwirrt und wusste nicht, was ich tun sollte. Anna näherte sich dem Bild und fuhr fort: „Er sagte, er habe Sie gesehen. Endlich gesehen." Nachdem diese Worte ausgesprochen waren, riss sie den Stoff von der Staffelei.

Ich sah einen Rücken in einem dunkelblauen Mantel, der Mann war einer Frau zugewandt. Es schien, als würde er mit ihr reden… Die Frau ohne Kopfbedeckung…Jung…Das kann nicht sein… kann nicht sein…Die Augen, die Haare und die Kleidung…Ich schaute und schaute und wollte es nicht vor mir selbst zugeben. Sogar die Augen schmerzten von dieser Aufdringlichkeit. Mein ganzer Körper war wie betäubt. Ich konnte es immer noch nicht glauben. Das war unmöglich, doch das war ich. Das war ich auf dem Bild. Und weitere verschwommene Figuren mit Weidenzweigen in den Händen.

Mir wurde schlecht. Ich rang nach Luft, ich begann zu hüsteln. Nun erinnerte ich mich an diesen Unbekannten in der Kirche und verstand, warum das Gesicht auf dem Portrait im Wohnzimmer mir so vertraut vorkam.

„Kannten Sie ihn?", die Stimme Annas half mir, wieder zu sich zu kommen.

„Nein. Nein. Ich traf ihn im Frühling in der Kirche. Dort." Ich zeigte auf das Bild. „Ich stand und er näherte sich mir. Erzählte mir… mir…über den Palmsonntag."

„Das kann nicht sein. Er starb letztes Jahr, vor Neujahr."

„Ich habe ihn doch gesehen. Alles war wie auf dem Bild.", sagte ich mit einer unterdrückten Stimme.

„Er wusste, dass sie kommen werden. Er wusste es…Er ist hier gestorben. Das Herz. Er sagte, Sie würden das Bild abholen."

Ich wäre beinahe umgefallen und hielt mich an einem Holzgeländer fest.

„Geht es ihnen gut?" Anna stütze mich ab.

Ich dachte die ganze Zeit daran, wie das möglich sei. Ich konnte nichts verstehen.

Bereits später, als wir was tranken, erzählte mir Anna, welcher Schock das für sie war, mich auf den Fotografien bei Irina auf dem Geburtstag zu erblicken.

Ich war damals in einer anderen Stadt und konnte nicht kommen. Irina liebt es, gerade an Festtagen, jedem ihre Fotos zu zeigen. Anna dachte zuerst, sie habe sich geirrt. Doch als sie genau hin schaute, verstand sie, dass ich die Frau auf den Fotos war. Deswegen gab sie mir die Tagebücher ihres Bruders. Sie dachte, dass uns etwas verbindet.

* * *

Diese Nacht hatte ich einen Traum. Ich steige eine Treppe hoch auf die Mansarde. Ich öffne die Tür und sehe Vlad. Er steht mit dem Rücken zu mir, schaut auf das Bild. Ich sehe sein Gesicht nicht, doch ich weiß, dass er lächelt. Ich gehe zu ihm, höre das Klopfen der Absätze auf dem Boden. Ich bewege mich, doch nähere ich mich ihm nicht, sondern entferne mich mit jedem Schritt weiter. Ich bekomme Angst und werde unruhig. Endlich dreht er sich um. Sein Gesicht ist ruhig und hell, als ob er in leuchtenden Sonnenstrahlen stünde. Vlad lächelt und schließt die Augen, und ich, einem unbestimmten Befehl folgend, tue es ihm gleich.

Bereits am Morgen öffnete ich die Augen, als die Sonnenhasen durch die Vorhänge sprangen.

Der alte Mann

Dieser seltsame Alte tauchte im Park vor ca. drei Monaten auf. Sein blasser Mantel hatte früher mal die Farbe von Milchkaffee, nun hat er einen Gelbton von altem Papyrus mit hellbraunen Linien an manchen Stellen. Der alte Mann hat ihn nie zugeknöpft und ließ die Vorbeigehenden auf seinen dunkelblauen Blazer blicken, mit vor Alter speckigen Rändern, auf das schneeweiße Hemd, dessen Knöpfe alle zugeknöpft waren und auf die schwarze, mit Streifen gebügelte Hose.

Seine braunen, abgetretenen Schuhe erinnerten an zusammengeschrumpfte Birnen im welken Gras des Herbstgartens. Der dunkle, abgetragene Hut war etwas zu groß und hing bis zu den Ohren, deswegen musste er diesen öfter heben. Doch das reizte den Alten nicht. Im Gegenteil, er hob den Hut mit Vergnügen und grüßte damit Vorbeigehende und Kinder, die lächelten, wenn sie ihn erblickten. Er lächelte zurück und ging Schritt für Schritt weiter die Allee entlang, etwas gebeugt und den Kopf zur Seite geneigt.

Man konnte es ihm ansehen, dass sein Alter ihn anstrengt und die Bewegungen seines welken Körpers geißelt. Warum auch immer, doch man stellte sich vor, dass er in seiner Jugend stramm und schön war, wie ein braver Offizier mit einem selbstsicheren Gang. Nun hat die gnadenlose Zeit ihn ausgetrocknet.

Die Allee ging zu Ende. Er verließ den Park und ging, das Trottoir entlang, vorbei an den Häusern, bis zur kleinen Kreuzung. Er wartete, bis die Ampel grün wurde, ging auf die andere Straßenseite und betrat durch einen kleinen Hof das Treppenhaus eines Fünfetagenhauses. Die schwachen Beine stiegen nur mit Mühe die endlosen Treppen in die dritte Etage hoch. Die Tür, eine Schlüsseldrehung. Der alte Mann, ging, ohne sich auszuziehen, durch den Flur in das Zimmer. Durch die halb geöffnete Tür sah er sie.

Sie saß wie gewohnt am Fenster. Ihr graues Haar, zusammengebunden zu einem Dutt, schimmerte im Licht der untergehenden Sonne - wie Kupfer - , und einige Strähnen leuchteten wie Feuer in dem Licht, das durch das Fenster fiel.

Ihr bescheidenes Kostüm bestand aus ihrem geliebten, cremefarbenen Tuch mit blass-rosa Blüten, das auf ihren Schultern lag, einem weißen Kleid mit blauen Punkten, hellbraunen Strümpfen und blauen Hausschuhen.

Er näherte sich leise, setzte sich auf den Stuhl neben ihr und nahm den Hut ab. Dann nahm er ihre Hände, die auf den Knien lagen, in seine und küsste sie. Sie erzitterte vor Überraschung, und dann, lächelnd, schmiegte sie sich an seine grauen Haare. Weiter lächelnd, neckte sie den Alten dafür, dass er sich wieder leise herangeschlichen hat, und begann zu erzählen, was an dem Tag geschah.

Die Tochter rief an und erkundigte sich nach ihrer Gesundheit. Die Nachbarin Farida bot ihr Baursaki und Marmelade aus wilden Erdbeeren an. Serježenka bekam eine Rolle in irgendeinem Film, aber der Leiter der Kunstschule war voller Bedauern und wollte ihn kaum zu den Aufnahmen gehen lassen. Das Wetter ist ungewohnt warm für Mitte Oktober. In den nächsten Tagen wird sie den Pullover zu ende stricken. Und ihr Kopf dreht sich wieder, die Tabletten helfen nicht. Und noch vieles mehr, das wichtig und bedeutend ist.

Der alte Mann hörte aufmerksam zu, nickte, manchmal fügte er einige Worte hinzu, dann erzählte er wortkarg seine Neuigkeiten.

Es dämmerte und die Alten saßen immer noch da und sprachen. Schon leuchtete der erste Stern am Nachthimmel und die Mondsichel zeigte ihre Spitze, als sie begannen sich zu verabschieden.

Der Alte stand auf und blieb einige Sekunden lang stehen, als ob er sicher gehen wollte, dass die Beine sein Gewicht tragen können. Er nahm den Hut von der Fensterbank und blickte, die Augen etwas zusammengekniffen, auf seine traurig gewordene Gesprächspartnerin. Dann streichelte er sie zärtlich am Kopf, küsste sie auf die Krone, richtete ihr Tuch, das leicht von den Schultern fiel und sagte, sie solle brav sein, ihre Tabletten trinken, gut essen und auf Sergej hören.

Sie gab ihm das Versprechen, es zu tun und bat ihn, doch öfter vorbei zu kommen. Sie atmete tief aus und bedeckte den Mund mit einer Ecke des Tuches. Der Alte küsste sie erneut und begab sich zur Tür. Sie blickte ihm nach und unterdrückte gerade noch so ihre Tränen.

Er ging durch den Flur, machte die Eingangstür auf, machte ein paar Schritte auf der Stelle, machte die Tür zu, drehte sich um und ging nach links, den Flur entlang zum Badezimmer. Er schloss vorsichtig die quietschende Tür hinter sich, nahm unter der Badewanne schnell eine große Tasche hervor, nahm aus dieser Sachen heraus und begann sich auszuziehen. In Unterhose ging er zum Spiegel. Aus dem Spiegel blickte ihn ein grauhaariger, alter Mann an, mit tiefen Falten, einer großen Nase, einem schütteren Bart und müden Augen. Er bedeckte seine Schläfen mit den Händen und erinnerte sich an das heutige Gespräch mit Ljuda.

„Wie lange möchtest du das noch machen?", sagte sie und stellte die Gläser auf den Tisch.

„So lange es nötig ist. Ich kann nicht anders. Wenn ich mich daran erinnere, wie sie tagelang so da saß und vor und zurück schaukelte, sein Hemd in ihren Händen…das ist unerträglich…ich kann nicht anders."

Er machte die Augen auf, atmete aus, begann Augenbrauen und Bart abzukleben, die Perücke abzulegen, die massive Silikonnase. Mit einer Servierte begann er von dem Gesicht die Schminke abzulegen.

„Das alles ist doch letzten Endes nur eine Lüge. Glaubst du, sie versteht das nicht?" Ljuda trug mit scharfen Bewegungen die Grundierung auf sein Gesicht auf und schattierte damit den Hals.

„Ich weiß nicht, wie ihr Bewusstsein funktioniert und was darin geschieht. Doch Eines weiß ich – es geht ihr besser und sie lebt", antwortete er und ließ demütig alle Eingriffe auf seinem Gesicht über sich ergehen.

„Du hast bereits zwei gute Vorschläge abgelehnt. Du wirst deine Karriere ruinieren", konnte sich Ljuda nicht beruhigen.

Er schwieg. Ljuda blickte auf die Fotografie, die auf dem Tisch lag, legte die Schattierungen auf, mit deren Hilfe sie auf seinem Gesicht den Anschein des Alters erreichte, und strich dann mit Farben mimische Falten hinzu, damit die Haut natürlicher aussah. Er saß da und schaute in den Spiegel des Schminkraumes und verspürte wiederholt, dass er sich in diesen Falten auflöst und sich in Ihn verwandelt.

Er nahm also die Schminke ab, wusch sich, zog sich die Jeans an, das Hemd, eine leichte Jacke, und Turnschuhe. Dann legte er die ausgezogene Kleidung akkurat in die Tasche. Er verließ leise das Badezimmer, ging zur Eingangstür, machte sie auf und schloss sie wieder. Dann zog er die Schuhe aus, stellte die Tasche daneben, hing die Jacke auf und ging in das Zimmer.

Er näherte sich leise der Alten, die gerade im Licht einer Lampe las, und küsste sie auf die Wange.

„Oj, Serježenka!", zitterte diese. „Wie der Großvater schleichst du dich heimlich an!"

„Ja?", fragte er gespielt.

„Mišenka war heute da, erzählte, dass Murzik schon wieder ein Würstchen vom Tisch stibitzte."

„Ich bin froh, dass er da war…"

„Und noch…", und sie begann ihm von dem Tag zu berichten. Sergej stand da, lehnte sich an die Fensterbank und hörte seiner geliebten Großmutter zu. Für einen Moment dachte er nach und erinnerte sich an die letzte Phrase Ljudas, als er den Schminkraum verließ.

„Denkst du nicht, dass es unmenschlich ist, sie zu belügen?"

Sergej schwieg einige Sekunden und antwortete dann.

„Nein. Ich will einfach, dass Seine Liebe lebt."